CONTES ET LÉGENDES DES ANTILLES

Collection « Mythologies » dirigée par
Claude AZIZA

Illustrations de
Daniel DUPUY

L'« Entracte » a été imaginé par
Sylvie DEWEERDT
Nicole RASTETTER

Thérèse GEORGEL

Contes et légendes des Antilles

NATHAN

Loi n° 49-956 du 16 juillet 1949 sur les publications destinées à la jeunesse : novembre 1994.

ISBN 2-266-06373-1

AVANT-PROPOS

J'ai recueilli pour vous ces contes de mon enfance.

Disons d'abord un grand merci à ceux qui m'ont aidée : à M. Bally, qui m'a si gentiment autorisée à traduire les contes de son oncle « le vieux Commandeur », à M. Revert et à l'abbé Rennard pour leurs encouragements et leurs conseils, à ma chère Eva et à Cinotte, grandes Dames des isles, qui se sont intéressées à ce livre, à M. Ulysse Pierre-Louis, professeur de rhétorique, qui m'a généreusement confié ses contes du folklore haïtien, de son pays, à mon frère René-Jean Legros, à tous ceux que je n'ai pas nommés, de la Guadeloupe, de Saint-Martin, des Saintes, aux Humbles, les travailleurs noirs. Merci à Eudor de Galon, me racontant Barbe-bleue, les yeux baissés, roulant son feutre troué entre ses doigts ; merci à Gros Léron, aux mimiques expressives, merci à tous, à Joseph, à Marthe et Marie...

Les contes que vous lirez n'ont pas d'âge. Ils sont venus aux isles avec les conquérants d'Europe, avec les esclaves enlevés à leur belle Afrique libre, avec les coolies transplantés, et même les Chinois attirés par le gain dans le petit commerce des boutiques. Ils se sont mêlés aux récits des Caraïbes qui, alors, peuplaient les isles et vivaient paisibles auprès des volcans qui dormaient, entre des équipées de chasse ou de pêche.

Ils ont connu le temps des moulins à vent, des moulins à bœufs, de la récolte des cannes au son des tam-tams, des serpents... le temps de la vie patriarcale sur les habitations, le temps de la Flibuste, le temps héroïque des guerres contre l'Anglais, la Hollande, le temps des Révolutions.

Ils ont connu l'arrivée joyeuse des marins à voiles de tous les océans, qui venaient faire escale aux isles.

Les Antilles françaises sont devenues actuellement département français. C'est une consécration qui n'a rien ajouté à l'amour des Antillais pour la France. Lorsqu'elles n'étaient strictement que colonies françaises, l'Antillais disait en parlant de la France : « la Mère Patrie ! »

Aujourd'hui, les grosses voitures ont remplacé les petits ânes d'autrefois, et parcourent les routes au milieu d'une végétation débridée. Les piétons ne vont plus qu'en « taxi pays » surchargés, à des vitesses défiant l'équilibre dans des virages impressionnants. Les usines de sucre et de rhum sont équipées de façon moderne, les camions passent chargés de bananes pour le bateau. L'électricité a remplacé les « serbis » — lampes primitives à pétrole — et les torches de « bois flambeau ». De luxueuses villas s'élèvent au milieu de jardins tropicaux majestueux, tout contre de pauvres cases qui demeurent. Et dans les villages, où les maisons basses et modestes se nichent parmi des fleurs, on a vu surgir d'imposants édifices : la mairie et l'école.

Et malgré ce modernisme et la dureté des temps, les contes demeurent, car on y retrouve le mystère et le merveilleux des isles, et aussi leur douceur que l'on sent venir à soi avant même que d'y arriver.

Dès que l'on atteint la mer des Sargasses, l'air est tiède. Les alizés soufflent, le ciel est d'un bleu lavande chargé à l'horizon de gros nuages blancs comme des sacs de coton, la mer est indigo, presque noire. Le soir, elle est phosphorescente. Les poissons volants y passent en bandes.

Et puis, on aperçoit un pêcheur, seul en haute mer, sur son « gommier » (pirogue). Il disparaît et reparaît entre les vagues. Il est torse nu, avec un grand chapeau en latanier. Et c'est déjà l'accueil antillais : qu'il soit des Antilles françaises, anglaises ou hollandaises, il fait de grands signes d'amitié. On approche, et c'est la vision éclatante du soleil et de la lumière, un toit rouge minium dans le vert sombre des grands arbres, des palmiers qui se balancent, une plage qui semble dormir. On accoste. Et la vie bruyante apparaît. On entend rire, parler, jacasser, palabrer, se disputer et rire de nouveau.

Toutes les Antilles sont là, avec leur poésie, leur goût du merveilleux, dans l'exubérance, la gaieté, l'insouciance, la bonté et le courage. Croisements étranges et inattendus de races, sorties du même creuset et marquées du sceau antillais. On est happé par la vie antillaise, dans un pays où l'on n'est jamais pressé, dans un pays où il n'y a pas d'hiver.

Aux Antilles, comme l'a dit un poète martiniquais,

Aujourd'hui c'est dimanche et c'est demain
[dimanche
Et ce sera l'été quand l'été finira.

À Noël, on danse en plein air, on va se rafraîchir sous les « ajoupas » — huttes en feuilles de cocotier — où l'on consomme sur des plateaux d'argent, dans des verres de cristal, de l'orgeat, du tafia, de la crème d'orange. On vend aussi, au chant des ritournelles, des « pistaches grillées » et des « pâtés tout chauds ». Seulement, à minuit, le silence total, plein de mystère, plane sur toutes les isles. C'est que l'Enfant-Dieu arrive...

Alors, on ne traverse plus les savanes. On ne rentre pas dans les étables.

Tous les animaux de la terre sont à genoux pour adorer l'Enfant-Jésus. Seuls, à ce moment, les bambous géants, les bambous maudits sur lesquels jamais un oiseau ne se pose, se mettent à gémir. Une clarté subite les illumine. Et de leurs tiges surgit une fleur magique. Mais le Diable est là, pour la cueillir, avec ses doigts crochus armés de griffes... à moins que, très courageux, on n'aille la disputer au Diable. Cette fleur rend invulnérable.

La vie antillaise donne une grande place aux contes. Ils font partie des veillées mortuaires. Ils sont de tous les soirs. Jamais on ne dit un conte en plein jour. On risque d'être changé en panier de bambou. On attend la nuit chaude, la nuit claire.

Les contes sont dits en créole, ce créole naïf, léger, coloré, qui donne tant de sel aux récits et qui est résolument intraduisible. Le créole se parle dans toutes les isles et jusques en Louisiane.

Sous les Tropiques, il n'y a pas d'aube ni de crépuscule. Le soleil, après une apothéose de quelques minutes, disparaît. Et la terre est plongée brusquement dans l'obscurité. Alors les lucioles volent. Les grillons se mettent à chanter. La brise de terre apporte avec elle tout le parfum des savanes. C'est l'heure des contes.

On s'installe dehors, autour de la vieille « dâ » — servante qui fait partie de la famille. Elle met son vieux chapeau « bacoua » contre le serein. Et elle commence :

« Bonbonne fois !
Trois fois bel conte. »

C'est l'histoire du compère Lapin et de Léphant venue d'Angola. C'est l'histoire du petit Poucet, amenée jadis par quelque cadet venu chercher fortune aux isles du Vent.

On rit, on pleure, on trépigne, on applaudit, on chante en chœur avec la « dâ ».

On est parfois silencieux.

Alors la « dâ » crie : « la cou dô ? » (la cour dort ?).

On répond ensemble : « non ! la cou dô pas ! ».

Et elle enchaîne...

On aime avoir peur, on frissonne. Une chauve-souris nous frôle. Un cigare brille dans l'ombre.

On se rapproche de la « dâ ».

Les nuages prennent des formes fantastiques. Des feux follets courent sur les mornes. On pense aux « zombis ».

On se blottit contre la « dâ ». Elle aussi a un peu peur ! Elle sent le vétiver, le ricin, le tabac.

C'est délicieux !

T.G.

I

LÉGENDE DU VIEUX MALVAN

D'après une poésie de Daniel Thaly

E vieux Malvan était le plus méchant des planteurs antillais. Et dans sa plantation de sucre et de vanille, il avait enterré plus d'un nègre vivant.

Il avait aujourd'hui quatre-vingts ans.

Autour de lui, tout ce qu'une vie de labeur avait pu créer avait été fait : son habitation solide, en pierre de taille apportée à dos d'esclaves, la case à vent invulnérable aux cyclones, les grands bassins de marbre, le moulin à bœufs, la rhumerie, et les allées de palmistes, de mahoganys, les champs de canne, de vanille, de café..., tout cela debout, solide, comme le vieux Malvan.

Une nuit cependant, le vieux Malvan sentit passer la mort. À l'aube, il se leva :

— Faites seller ma jument blanche, je ne veux pas que la mort me prenne en plein sommeil. Si son affreux dessein à cette heure persiste, qu'elle vienne me prendre à cheval, au soleil.

Et le vieillard, tremblant, écarta ses fils et monta sur sa jument blanche. La narine fumante, le pied leste, la cavale galopait. Le vieillard, humant l'air frais du matin, se sentait plein d'espoir.

C'était le mois de mai. Les oiseaux faisaient leur nid, les cassiers fleurissaient, les palmiers se balançaient, hautains et fiers. Devant lui, toute la verdure des mornes s'étendait comme une mer. Et la mer était là... à ses pieds.

Les cannes dorées s'agitaient sous le vent. Dans des lointains mauves et bleus le monde continuait. Malvan sentait renaître en lui l'espoir des longs jours.

Et, dans l'air pur, dans le vent, dans la lumière, il marchait à l'assaut de la vie.

Soudain, à ses yeux horrifiés, surgit un village d'esclaves, avec ses rues de terre et ses cases de paille, et le tambour des jours de lune. Et des cases, de chaque case, sortirent des esclaves...

« Ils avaient sur le dos des marques d'étrivières. »

Et Malvan les reconnaissait ! Ils parlaient :

— C'est moi que tu as emmuré un soir de Noël, à côté de ton trésor.

— C'est moi que tu as enterré vivant, ne laissant dépasser que ma tête crépue. Les fourmis rouges me mangeaient les yeux.

— Et moi, je suis Domingue ! Domingue, que tu fustigeas. Mon corps ne fut qu'une plaie. On me sauva par une friction à la pimentade salée. Alors j'ai marronné une deuxième fois, et cette fois avec ma femme et mes enfants. Nous nous sommes réfugiés dans un « trou » près du rivage. Souviens-toi : tu y as mis le feu après avoir barricadé les deux ouvertures et tu nous brûlas, tout vivants.

— Regarde-moi, je suis Akollo. Tu m'as traqué

dans les bois et tu m'as mis aux fers, pieds et mains scellés, sous le four chauffé à blanc de la boulangerie, en plein soleil.

— J'ai pleuré de fatigue après avoir chanté pour oublier et mes os m'ont fait mal.

« Et ils criaient tous malédiction ;
Ils étaient horribles à voir, horribles dans la mort.
Et le vieillard mourut sans fermer les paupières. »

L'histoire n'est pas finie. Car par les nuits fraîches étoilées de lucioles, lorsque la lune précise les formes et jette de grandes ombres, on voit courir dans les halliers, planer sur la montagne le fantôme du vieux Malvan et de sa jument blanche.

La jument blanche n'est jamais revenue à l'écurie.

« Elle a gagné l'enfer avec son cavalier. »

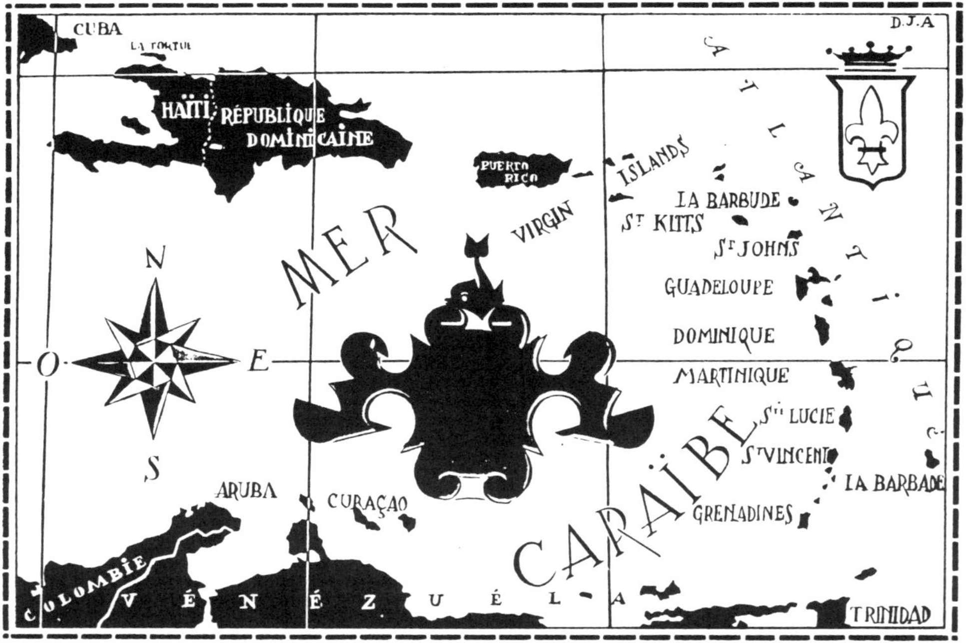
CUBA
LA TORTUE
HAÏTI
RÉPUBLIQUE DOMINICAINE
PUERTO RICO
VIRGIN ISLANDS
LA BARBUDE
St KITTS
St JOHNS
GUADELOUPE
DOMINIQUE
MARTINIQUE
Ste LUCIE
St VINCENT
LA BARBADE
GRENADINES
TRINIDAD
ATLANTIQUE
MER CARAÏBE
N
O
E
S
ARUBA
CURAÇAO
COLOMBIE
VÉNÉZUÉLA
D.J.A

II

KUBILA

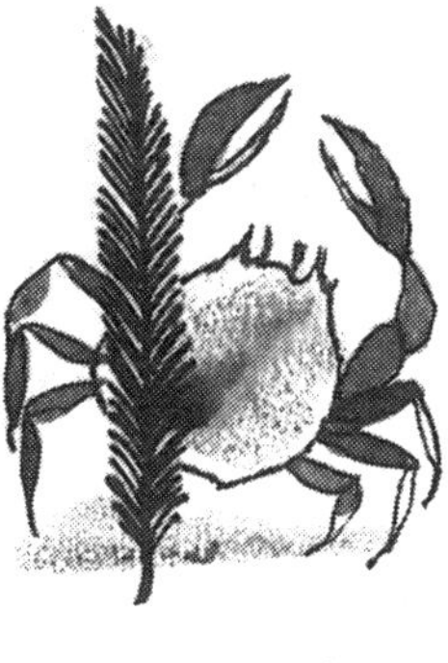

Il s'appelait Kubila.

Il était très vieux, petit, un peu courbé, encore alerte. Personne ne connaissait son âge, lui non plus : peut-être quatre-vingt-cinq ans, peut-être quatre-vingt-dix ?

Il soliloquait continuellement, égrenant des souvenirs qui revenaient sans ordre dans sa vieille mémoire fatiguée. Quand on avait entendu ses bavardages pendant six mois, on retraçait à peu près sa vie.

Il était né et avait d'abord vécu dans un village, au bord d'un fleuve en Afrique. La population devait y être agricole. D'une vieille voix chevrotante il chantait, le soir, des mélopées incompréhensibles, en s'accompagnant de tam-tam. C'étaient les soirs de nostalgie où il se souvenait.

Il se souvenait de cette nuit au village, pendant laquelle des cavaliers arabes étaient venus…

Ils avaient massacré les guerriers et tiré sur les fuyards. Kubila en avait gardé une terreur des fusils :

boum ! boum ! disait-il, imitant la longue détonation des fusils à piston. Et il se cachait derrière n'importe quoi lorsqu'il mimait la scène de l'enlèvement. Car les Arabes avaient emmené toute la population, y compris les femmes, les vieillards et les enfants, jusqu'à la côte, en les maltraitant.

Là, on les avait mêlés à d'autres nègres, prisonniers eux aussi, et les gens du village s'étaient trouvés dispersés.

Avec beaucoup d'autres hommes, on avait embarqué Kubila sur un grand vaisseau.

Kubila avait été malade. La mer, la tempête avaient secoué le navire. Il se souvenait que le pont disparaissait sous ses pieds, ce qui lui donnait des angoisses terribles ; sa peur des grands bateaux était presque aussi forte que celle des fusils.

Finalement, on les avait débarqués à la pointe Simon, dans une île hérissée de montagnes : la Martinique.

Les planteurs avaient acheté les nègres comme esclaves.

Lui, on l'avait dirigé vers le sud, à la Baie des Anglais.

Le maître était bon, l'habitation riche ; on y mangeait bien. Le fouet était rare. Ce n'était pas comme chez le chevalier de Viallarson où, pour un oui ou pour un non, l'esclave était fouetté au sang, et où parfois même on entendait des boum, boum !

Kubila avait aimé l'habitation, l'animation de la récolte, les bals d'esclaves où l'on dansait la caleinda, les fêtes des maîtres, les messes à la chapelle, les processions. On l'avait baptisé, mais il n'était pas catholique. Quelle puissance pouvait avoir ce Dieu immatériel à côté du gris-gris que lui avait donné le sorcier de son village et qu'il gardait encore ? Mais il trouvait les cérémonies grandioses et il aimait l'odeur de l'encens.

De temps en temps cependant, cette vie régulière l'ennuyait. Il aspirait à courir la forêt, à prendre la route. Il ne résistait pas : avec quelques autres, il marronnait.

Alors, c'était la vie sauvage dans les bois, au bord des rivières. Ils vivaient de rapines, mais surtout de crabes de terre, de manicous, et ils buvaient de la bière qu'ils fabriquaient avec des tamarins et de la cendre de bois. Le soir, ils allumaient un feu, ils jouaient du tam-tam, et chantaient leurs tristes airs africains.

Jamais Kubila ne restait plus d'un mois dehors. Il connaissait le tarif : vingt coups de fouet du commandeur deux jours de suite. Au-delà d'un mois, c'était le délit de fuite, l'affichage à la mairie, la gendarmerie et ses chiens !... la prime aux autres nègres et, une fois pris, le terrible cachot.

Alors, bien sagement, au bout de vingt-neuf jours, il revenait reprendre le trantran habituel.

Et puis, la République abolit l'esclavage.

Alors, sur les habitations, ce fut la débâcle.

La plupart des nègres partirent, libres, sur les routes. Quelques-uns attaquèrent les habitations.

Kubila, lui, n'avait pas bougé. Il se sentait bien, il aimait ses maîtres, et savait-on jamais ? Peut-être y aurait-il encore quelques boum ! boum !

Puis les choses étaient revenues en place.

À présent, les maîtres payaient un salaire. Kubila n'en voulait pas. Il préférait rester esclave, attaché à l'habitation, comme la terre, comme les pierres, sauf son marronnage une fois l'an.

On avait installé une machine à vapeur ; il en était émerveillé. Cela faisait boudoum ! boudoum !... et le moulin tournait... Seulement, il était arrivé une chose pire que la République : la Révolte.

Les nègres avaient parcouru la campagne, pillant, incendiant. Des soldats et des marins étaient alors venus et les nègres s'étaient égaillés dans les mornes. Ça avait duré près d'un mois. Chaque nuit, on voyait des flammes s'élever de quelque habitation lointaine, et les conques de lambi, donnant l'alarme, roucoulaient de morne en morne.

Kubila et quelques autres étaient restés sur l'habitation. Ils n'avaient pas dessoûlé de huit jours, couchant dans le magasin à tafia. Des soldats, venus protéger l'habitation, les en avaient chassés et avaient pris leur place. Le maître était désolé, allant comme une âme en peine à travers les bâtiments. Quelques jours après, il était parti avec sa famille, pour ne plus revenir. Kubila en avait conçu de la peine. Les nègres non plus n'étaient pas revenus. Et Kubila resta seul, chef !

Il abandonna sa case, son lit de planches et s'en fut loger dans un magasin de l'habitation. Il clôtura un jardin et fit un peu de pêche. Il chassait les importuns et tendait des pièges aux voleurs de moutons.

Cela dura plusieurs années.

Les cannes, de plus en plus envahies par les herbes, étaient devenues rabougries et disparaissaient. Les machines rouillaient. Les mares se comblaient. Il y eut un cyclone. La plupart des bâtiments furent démolis, les arbres arrachés. Kubila, pendant quatre mois, vécut de crabes de terre et de poisson.

Un jour, un « béké » arriva. C'était un nouveau maître. Il était accompagné de deux coolies.

Kubila se présenta comme l'esclave de l'habitation. Le « béké » lui donna un « sec » (du rhum sans eau ni sucre), du pain et du saucisson.

Le lendemain, pour bien marquer ses droits, Kubila marronna. Il resta quinze jours dehors.

Quand il revint, il ne fut pas battu. Il insista pour

recevoir sa peine, mais personne ne voulut le fouetter. Kubila ne comprenait pas. Il ne comprenait d'ailleurs rien à ce « béké ». Le « béké » n'avait, lui, que deux coolies. Il ne paraissait pas être question de réparer les bâtiments et de remonter la machine qui faisait boudoum ! boudoum ! Des bœufs arrivaient, ils étaient lâchés dans l'habitation. Les coolies passaient leurs journées à cheval, à courir après les bœufs et les moutons ou à clôturer les savanes.

Kubila avait du travail : il poussait une brouette chargée de crottin, du parc à moutons au magasin d'engrais. De temps à autre il marronnait encore, mais comme il était vieux, dès qu'il pleuvait, il rentrait.

Comme on ne le battait pas, il estimait que le maître avait droit à une compensation. Aussi, avant de rentrer, il plongeait en mer et pêchait à la main un homard qu'il rapportait en tribut.

Une fois, après un grain, il ne rentra pas.

Les coolies s'en inquiétèrent et le cherchèrent.

Ils le trouvèrent trois jours après dans un marais, la face dévorée par les crabes. Il n'avait que son gris-gris au cou. La gendarmerie fut avertie. Elle vint. Les coolies, sur la terre ferme, tout à côté du marais, creusèrent une fosse et Kubila fut enseveli.

Pas même une croix ne marque le lieu de son repos.

III

NEG NÉ MALHERÉ

(Le Nègre est né malheureux)

U commencement, Dieu créa le monde. Ensuite, il créa les hommes. Il en fit des noirs, des rouges, des blancs. Puis il décida équitablement de donner à chacun sa chance.

Et dans ce but, il invita à sa table, le même jour, un nègre, un Blanc et un mulâtre.

Le déjeuner avait lieu chez la Sainte Vierge, dans une jolie petite case (car la Vierge demeurait sur la terre), une jolie petite case aux persiennes d'acajou, entourée d'une véranda d'où pendaient des fleurs de la Passion.

La Sainte Vierge fit les choses comme on doit les faire pour le Bon Dieu. Elle dressa dans la galerie un couvert de qualité avec sa plus belle argenterie, des cristaux merveilleux, des gâteaux poudrés de sucre et de vanille, pendant qu'à la cuisine les « canaris » (marmites de terre) bouillaient ploc, ploc, avec une bonne odeur de piment.

Le Bon Dieu, lui, sous la véranda, avec l'aide de saint Pierre, déposa sur une table en bois de courbary une énorme caisse fermée, une enveloppe cachetée, un encrier et un porte-plume. Puis il se frotta les mains dans un sentiment de contentement.

Ce matin-là, le nègre, le Blanc et le mulâtre se levèrent avec émotion (ce n'est pas tous les jours que l'on est invité chez le Bon Dieu !).

Le « Léké » prit un bon bain dans le bassin où l'eau arrivait par une conduite de bambou, se fit frictionner au bayrum, mit un costume de toile blanche, un panama sur ses cheveux plats, demanda un cheval sellé, bridé, et s'en alla avec l'intention d'arriver tôt pour prendre une « bavaroise » (punch au lait aromatisé et fortement mousseux).

Le mulâtre se mit à chanter du bonheur de vivre.

Il alla prendre un bon bain de mer, se sécha sur le sable, allongé sous les raisiniers battus par le vent, mit des chaussures qui faisaient crac, crac, se lissa les cheveux avec de l'huile de coco, chercha une cravate de soie, y accrocha une pépite, endossa un spencer blanc, emprunta des gants, cueillit un bouquet de jasmins pour la Vierge, se tailla une badine et monta à cru sur le mulet du voisin.

Le nègre, dans sa petite case, écoutait le murmure du vent. Il sortit pour allumer le feu dehors. Il s'arrêta un instant devant les pierres froides du foyer, se gratta le derrière de la tête, réfléchit, revint sur ses pas et cassa quelques brindilles à la cloison de sa case. Avec, il prépara le feu et l'alluma. Il posa dessus une vieille casserole de fer ébréchée remplie d'eau. Le feu fumait. Le nègre se mit à genoux et souffla dessus avec ses joues en faisant beaucoup de bruit. Le nègre reniflait. Il insulta le feu. La flamme jaillit, l'eau commença à bouillir. Le nègre la regarda bouillir, et fit couler du café clair — du tiololo. Il le but, à petites gorgées, après l'avoir fortement sucré.

Cela fait, il prit un « coui » (demi-calebasse) emmanché d'un long bâton, le plongea dans une baille posée sous la gouttière, le ramena, se remplit la bouche d'eau et à grand fracas se lava les dents, glouglouta, secoua ses joues, rit tout seul : quia, quia, quia, se lava la figure, s'ébroua, s'en prit à ses pieds, larges, robustes, aux gros orteils écartés.

Il chercha un coin pour s'asseoir, trouva une pierre, s'assit dessus, s'y trouva mal, jura, la renversa et se rassit. Alors il ramena son pied près de son œil, et avec une épingle se mit à fouiller l'orteil, juste sous l'ongle, la figure crispée. Il parlait seul. Il jurait. Sa figure rayonna : il avait la chique (petit insecte, qui se met sous la peau et y pond des œufs) ; il la brandit à la pointe de son épingle, l'insulta, rit de toutes ses dents et l'écrasa entre les deux pouces.

Il enfila un tricot de coton à jours, troué mais éclatant de blancheur, une vieille culotte de drill qu'il remonta aux genoux, sortit une jambette de sa poche, hacha des feuilles de tabac séchées, les enferma dans une blague — une vessie de porc —, glissa le tout dans sa poche avec sa pipe de chaux blanche. Satisfait, il regarda le ciel. Le ciel était rose. Il rit de nouveau. Près de lui, un « cochon planche » fouillait le sol ; il lui donna un grand coup de pied et partit, laissant la case ouverte à tous les vents.

Il revint, jurant : tambou ! tonnè ! Il avait oublié ses souliers ! Il les accrocha ensemble par les lacets et les pendit à son épaule.

Il redégringola le morne, faisant saigner les arbres à grands coups de coutelas.

Il aperçut un énorme giromon dans un jardin. Il pensa que ce giromon ferait plaisir à la Sainte Vierge. Il regarda à droite, à gauche : personne ! Il cueillit le giromon et l'emporta.

Il continua sa route, longeant le fossé à grands pas souples, silencieusement.

Il se trouva en face d'un débit de la régie : rhum et tafia. Il entra, s'assit, posa par terre ses souliers et le giromon et commanda un petit « sec ». On lui apporta un verre, une bouteille de tafia, une carafe d'eau. Il se versa un verre de tafia, le but d'un trait, souffla, la bouche ouverte ; but toute l'eau de la carafe à même le goulot et s'essuya la bouche du revers de la main.

Alors, il sortit sa pipe, la bourra, et se mit à la fumer lentement, jambes écartées, l'esprit vacant, en pleine béatitude.

Pendant ce temps, le « béké » avait eu sa bavaroise. En attendant ses invités, le Bon Dieu avait parlé cheval avec le béké. Ils avaient commencé une partie de cartes.

La Sainte Vierge faisait fondre pour le punch, car la bourrique avait sonné onze heures, l'heure à laquelle, sa journée finie, elle hennissait de joie à l'approche du déjeuner.

Les invités n'arrivaient toujours pas. Le mulâtre, en chemin, avait, lui aussi, rencontré la tentation : « an bel tit moune » (une jolie petite personne), « z'yeux ka clairé comm'chandell' » (des yeux brillants comme des chandelles). Du coup « pieds li pris dans chainn' » (ses pieds sont enchaînés). Il arrête le mulet, conte fleurette à la « bel tit moune » et lui offre le bouquet destiné à la Vierge.

Le Bon Dieu, la Sainte Vierge, saint Pierre et le

« béké » prennent le punch tous les quatre. Il était deux heures, on ne pouvait attendre plus longtemps avant de passer à table.

Auparavant, le Bon Dieu invita le « béké » à venir choisir sous la véranda un des trois lots.

Le béké choisit l'enveloppe cachetée.

— Tu as pris la richesse, lui dit le Bon Dieu.

Et ils se mirent à table.

Au dessert le mulâtre arriva, tout souriant, racontant mille excuses. Le Bon Dieu n'était pas dupe puisqu'il sait tout.

En gens bien élevés, on l'accueillit avec mille amabilités. La Sainte Vierge lui offrit une place à sa droite, lui versa de l'annicoque (liqueur à base d'anis) et lui présenta les fameux desserts. Puis le Bon Dieu lui dit :

— Cher ami, vous êtes ici pour me dire vos désirs. Quels sont-ils ?

— Je voudrais, répondit le mulâtre sans hésiter, la fortune, l'intelligence et la beauté.

— Tu demandes trop, murmura le Bon Dieu.

Il l'emmena sous la véranda et l'invita à choisir un des deux lots restants.

Le mulâtre souleva la caisse, la trouva trop lourde, regarda ses mains longues et fines. Il prit le porte-plume et l'encrier. Il avait pris l'intelligence.

Quand le nègre eut fini de fumer sa pipe, il se leva en coup de vent et disparut.

Il avait oublié ses souliers et le giromon.

Il arriva près de la case du Bon Dieu, regarda le soleil, et ralentit le pas. Il se faufila derrière les arbres, avançant prudemment. Il se trouva enfin près de la case du Bon Dieu. Alors il s'arrêta et se gratta le derrière de la tête. Il longvillait (épiait de loin).

La Sainte Vierge l'aperçut, poussa un cri et s'évanouit : elle n'avait jamais vu de nègre. Le Bon Dieu souffla sur elle, et elle reprit ses sens.

Le Bon Dieu fit entrer le nègre. Le nègre enleva son chapeau, un feutre rond troué comme une passoire. Il se mit à le rouler entre ses doigts, contre son visage. À travers les trous de son chapeau, il regardait les Blancs assis, le mulâtre faraud.

Il riait bêtement, béatement, silencieusement, de toutes ses dents, timide et bon enfant.

Il ne restait plus que la caisse à donner.

Le nègre la secoua, la trouva lourde. Il rit à gorge déployée. « Avec ça, pensa-t-il, je serai riche, je n'aurai plus besoin de travailler. »

Il avait chaud, il suait à grosses gouttes, sa peau brillait. On lui offrit un grand verre de tafia, puis on l'aida à charger la caisse sur sa tête.

— Mèci, mait', mèci, bon Dié, répétait-il.

Il allait partir lorsque la Sainte-Vierge, se penchant vers le Bon Dieu, lui souffla :

— Donne-lui la ghuia pour le consoler.

Alors saint Pierre alla chercher la ghuia, le tambour à peau de cabri tendue sur un petit tonneau, et le lui mit sous le bras. Tout le monde souriait. Le nègre riait. Il s'en alla à reculons, répétant :

— Mèci missiés, mèci madame.

Quand le nègre arriva dans sa case, il était seul. Personne pour l'aider à décharger la caisse. Elle tomba et se défonça. Les outils dont elle était pleine s'éparpillèrent : houes, bêches, mayoumbès.

Le nègre se prit à gémir, et s'asseyant sur son lit de planches, commença à verser des pleurs.

Le béké, qui passait par là, le héla :
— Nèg là, eh ! pas pléré, je te ferai gagner ta vie.
Alors le pauvre nègre traîna son tambour « bel ai » devant sa case et, assis à califourchon dessus, il commença à taper, trillant des doigts, rythmant des pieds, contrebassant des genoux. Il chanta son désespoir.
Et depuis ce temps-là : « nèg' en bas canne juque temps yo mô » (les nègres travaillent aux cannes jusqu'à leur mort).

IV

MADAME DE MAINTENON

« Elle fit connaître au Roy un pays nouveau qui lui était inconnu, le commerce de l'amitié et de la conversation, sans contrainte et sans chicane. »

C'ÉTAIT un après-midi de décembre sous les Tropiques. Un petit vent frais courait partout : sur les mornes, sur la mer, sur les terres ocre, rouge et jaune.

À 3 kilomètres du morne Folie, à la « Grande case », deux hommes éjambaient du pétun. Ils paraissaient bien misérables. C'étaient les engagés de Monsieur d'Aubigné, assez pauvre lui-même. Une petite fille sortit de la case, accompagnée de son frère. Elle tenait à la main une orange, une de ces succulentes oranges de Zanzibar qu'elle aimait tant. Elle faisait les problèmes de son frère qui, en échange, lui donnait des oranges.

Monsieur d'Aubigné, leur père, avait planté des

haies d'orangers autour de l'habitation. Mais hélas ! s'il se révélait courageux et entreprenant, il était aussi un joueur invétéré. Avec d'autres planteurs comme lui, il passait son temps à jouer aux trois dés, au pharaon, à biribi, au quinquenove. Et toujours il perdait, et toujours il était criblé de dettes.

Mais Françoise, elle, n'avait pas de soucis. Elle allait pieds nus pour économiser ses souliers du dimanche. Quelle importance cela avait-il ? Ses petits pieds glissaient sur la terre, dans l'herbe, tout légers.

Et puis, les flibustiers qu'elle côtoyait marchaient pieds nus eux aussi, malgré leurs plumets magnifiques, le grand ruban or et soie de leur chemise. Ils descendaient de leur navire, en conquérants, joyeux, pleins de rires et de chansons.

Dernièrement ils avaient rapporté, en hommage à Madame d'Aubigné, un châle des Indes et une petite Vierge portugaise.

Françoise les aimait mieux que les boucaniers qui sentaient le fauve avec leurs bas de cuir, leurs souliers de cuir, leur chemise flottante.

Cependant, elle gardait d'eux le souvenir d'un repas extraordinaire. Ils avaient boucané un mouton ! C'est-à-dire qu'ils l'avaient pris, l'avaient vidé, rempli d'oiseaux de toutes sortes, salés, pimentés. Ils avaient recousu le tout et enterré cela sous la cendre et la braise. Quel fumet alors s'en échappait !...

Françoise et son frère sont enfin libres après avoir travaillé sous la direction de leur mère.

— N'allez pas trop loin, leur dit-elle, car vous êtes seuls aujourd'hui.

En effet, leur vieille esclave congolaise est malade et le sorcier est venu lui apporter des remèdes africains. C'est elle qui a déjà sauvé Françoise de la morsure du serpent, alors qu'elle s'apprêtait à plonger sa main dans un trou où était lové l'animal.

De la case de la vieille esclave sort de la fumée et l'on entend le tam-tam qui chasse les mauvais esprits.

Françoise et son frère se faufilent derrière la case et les voilà au bord de la mer.

La mer est ici sombre, en furie. Les mancenilliers la bordent et l'ombre seule en est mortelle. Où aller ? Dans les bois ? C'est défendu, mais c'est si joli, les bois ! Et ils s'enfoncent doucement... Les voici à la cascatelle bordée d'acomats, si droits que l'on dirait les colonnes d'un temple de rêve. La cascatelle chante ; les framboises embaument. Les grands balisiers aux fleurs saignantes se penchent comme pour protéger ces enfants. Les lianes rampent. Lianes à sang, lianes à serpent, lianes à lait se mêlent, se marient aux branches, aux touffes d'épines. Soudain, Françoise pousse un cri. Un serpent rampe à ses pieds, le ventre blanc, le dos jaune et vert, un serpent, la ghuia ! Il a encore des barbules aux mâchoires !

Au cri de Françoise répond un sifflement prolongé, et le serpent, hypnotisé, dresse la tête, immobile.

Un Caraïbe est là, rouge de roucou, comme une écrevisse cuite : c'est lui le charmeur de serpent.

Il vise le serpent à la tête, et lance sa flèche empoisonnée en dents de scie. Le serpent se tortille. Il est mort.

Françoise et son frère tremblent de tous leurs membres. Ils ont eu peur du serpent. Ils ont peur maintenant du Caraïbe, ces Caraïbes avec lesquels cependant les Blancs viennent de faire la paix.

Mais l'Indien les prend par la main, leur fait comprendre qu'il est « ami » et leur fait signe d'avancer. Il porte le serpent sur son épaule au bout d'un « bâton patate ». Avec la graisse, il fera des onguents et des philtres.

Françoise voudrait bien rebrousser chemin et courir très vite jusqu'à la « grand'case », mais le Caraïbe ferme la marche. Ils vont maintenant à la file indienne. Ils sont en plein bois.

Et bientôt ils arrivent dans une clairière entourée de palmiers, de frangipaniers, de bananiers et d'orangers.

Des Caraïbes se bercent dans des hamacs d'aloès tressé d'où pendent des glands de jade vert. Ils ont les cheveux longs, lustrés, des plumes dans les cheveux, et le croissant d'or sur la poitrine.

Sous le hamac un petit feu chasse les moustiques.

Ils jouent de la flûte.

Les femmes, dehors, s'affairent à préparer le repas que mangeront les hommes, laissant les restes aux femmes et aux enfants. On sent une odeur de viande rôtie à la sauce pimentade.

Françoise et son frère demeurent immobiles. On les entoure. Des petits Caraïbes poussent des cris de joie.

On leur fait boire de l'ouicou (alcool de fruits antillais). On leur apporte des fleurs, des fruits, des coquillages. On leur confie une pierre à serpent. Il suffit de la poser sur la piqûre, aussitôt elle en boit le venin. Puis on les ramène à la « grand'case » avant le lever de la lune, avant l'heure sacrée de la prière à la lune.

Quelques années plus tard, Françoise d'Aubigné quittait la Martinique. L'habitation où elle résida de six à douze ans a aujourd'hui disparu. Il ne reste plus à la « grand'case » qu'un puits à moitié comblé, des murs branlants à ras de terre, le four où l'on cuisait le pain.

V

JOSÉPHINE

« Elle était tout l'art et toute la grâce. »
Le 6 mars 1796, dans l'hôtel de la rue Chante-reine, Joséphine Tascher de la Pagerie (Veuve Beauharnais) épousa le général Bonaparte.

ECI se passait en l'an de grâce 1804. Avant « jou ouvè » (avant le jour), la Dà de Joséphine, Marion, est partie vers Sonson, le sorcier.

Le morne est raide, le morne glisse sous ses pieds nus. Les branches craquent : si un cheval trois pattes ou un cercueil debout allaient lui barrer la route ? Elle est pressée d'arriver. Le petit oiseau pipiri lance son premier chant matinal lorsque Marion aperçoit la case du sorcier, du « quimboiseur » Sonson. Sonson est assis sous un manguier et regarde la mer au loin.

— Eh bien ! Marion, ma commère, chère, çà ka meinné ou la case moins, bon matin comm çà ? (Eh bien ! Marion, ma commère, qu'est-ce qui t'amène si matin comme cela ?)

— Ah ! Sonson, cher compère, puisque tu regardes la mer, ne vois-tu pas la belle frégate du Roy ? Elle est arrivée hier soir et a jeté l'ancre pour nous. Nous avons été avec des flambeaux au-devant du capitaine, un beau capitaine tout doré. Il est arrivé, portant des nouvelles de Yeyette.

« Ah ! Sonson, chè doudou ! Je ne pouvais pas attendre plus longtemps pour te raconter cela. Tout à l'heure, les conques de lambi vont roucouler de morne en morne, toutes les cloches des Trois Ilets sonneront le bourdon, le carillon. Elles voleront jusqu'au ciel. Elles diront au monde la grande nouvelle :

« Yeyette est plus que reine ! »

C'est cela que Monsieur le capitaine du Roy est venu nous dire. Il m'a remis un papier sur lequel est écrit que je vais toucher de l'argent sans travailler jusqu'à ma mort. Ti penses, Sonson, ji pourrai achuté mon tit taback. Yeyette a songé à mon « tit kiou pipe » (cul de pipe).

On dansera à Fort-Royal au moins trois jours, et sur les habitations au son du « bel ai ».

Mais en France « c'est çà té bel ! ».

Pour « tite Yeyette » toutes les cloches de France ont carillonné, celles des villages, celles des villes, celles du grand Paris. Des « békés » ouvraient les fenêtres, demandaient dehors :

« Qu'est-ce que c'est ? »

Comment ? vous ne savez pas ? C'est Joséphine, la créole, que l'on couronne Impératrice des Français. Tu entends, compère, Yeyette est plus que reine !

« Songé ti brin, Sonson chè » (souviens-toi un peu, Sonson cher), au temps où les malfaiteurs, les vagabonds dévalisaient la plantation de Madame de la Pagerie, Euphémie David était venue faire « parler » les cartes afin de savoir qui étaient les voleurs. Et Yeyette était là, jeune divorcée. Yeyette avait demandé à Euphémie David : « Irai-je à la cour ? » Et Euphémie, prenant la main de Yeyette, lui avait répondu :

« C'est toi qui distribueras les grâces, le monde sera à tes pieds. »

Et Yeyette avait ri de bon cœur.

« Tu seras plus que reine », murmura Euphémie.

« Plus que reine, Sonson ! »

Le capitaine a dit :

« Pour Yeyette, ce jour-là, à Paris, le canon tonnait comme pour le vaisseau de l'amiral. Des carrosses roulaient remplis de belles dames, de beaux messieurs galonnés, avec autour des soldats habillés de rouge, de violet, de jaune.

Celui de Yeyette, tout doré, avait huit chevaux couleur de nuit, et qui piaffaient, et qui galopaient ! Et dedans, Yeyette !... Yeyette à côté de son mari, le "chat botté". Le mari avait un beau chapeau à plumes, mais Yeyette était tout bonnement une apparition de la Très Sainte Vierge, toute pareille à celle de l'habitation de la Pagerie, toute en mousseline et satin blanc. »

« Ou save si Yeyette té coquette ? » (Tu sais combien Yeyette était coquette ?)

« Songé » comme elle se parait de colliers de coquillages, de couronnes de fleurs rouges et blanches de frangipaniers ; et comme elle allait se mirer dans le bassin de la reine, pour admirer ses cheveux dorés de soleil et ses yeux tellement bleus qu'ils en paraissaient noirs.

Cette fois, Yeyette s'est surpassée.

« I batt côy même » (elle a battu son propre record).

Mais crois-tu, Sonson, que Yeyette était aussi contente qu'autrefois, ici, lorsqu'on allait la chercher en canot, qu'Aboulgean la saisissait dans ses bras musclés pour la porter sur le cabrouet qui l'attendait, tout garni de fleurs ?

Les « toutoulous » (crabes) qui, par leur présence, rendaient la plage rouge, rentraient vite dans leurs trous. Yeyette riait, il faisait chaud !

À Paris, pour son couronnement, seul, un petit soleil rouge clairait, un soleil rouge comme celui des armes de la Pagerie. « Ou pas pé dis moins, que Yeyette pas songé bel soleil nous a ? » (tu ne peux pas me dire que Yeyette n'a pas songé à notre beau soleil ?)

Alors on lui avait mis un manteau doublé de fourrure blanche comme du coton et chaude comme une couverture. Sa traîne était si longue et si lourde que c'étaient les Mesdames Princesses qui la portaient au lieu des petits anges comme chez nous. Et sur ce manteau qui était de velours rouge comme le flamboyant, on voyait brodées en or des « mouches à miel ».

Yeyette préférait pourtant les « bêtes à feu » (les lucioles). Rappelle-toi ! Tous les soirs elle courait en attraper, elle en mettait dans ses cheveux. Je lui répétais :

— Yeyette ! pas toucher bêtes à feu ! Ti sais, elles cherchent l'âme errante du Père Labatt qui n'a pas encore gagné le ciel, car elles doivent le conduire au Paradis.

Et j'allais la coucher dans son lit étroit à colonnes.

Et ce n'est pas fini, Sonson ! la « pli belle en bas la baille » (le plus beau est encore caché).

« La pli belle », ce fut le pape !

Sa Sainteté, le Saint-Père, le pape tout-puissant,

trois fois saint, trois fois béni, est venu lui-même en personne pour couronner Yeyette, avec une belle couronne garnie de diamants, de feuilles de cocotier en or, et au-dessus, une grosse boule surmontée de la croix du Bon Dieu.

Mais le mari de Joséphine, Maître après le Bon Dieu, posa lui-même la couronne sur la tête de Yeyette. Le Saint-Père, que le Bon Dieu avait délégué, ne dit rien : « i pé là » (il se tut). Seulement, ensuite, il récita deux discours que « Missié l'empereu » écouta comme un petit garçon à l'école.

Attends, Sonson, je vais t'en réciter un, le capitaine l'a répété pour Madame de la Pagerie. Écoute :

« Su ce trône de l'Empi que vous affemisse et que dans ce royaume étenel vous fasse régner avec lui. Jésis Chrit, roy des roys, seigneu des seigneu qui vit et règne avec Dié li pè, et li Saint Espit, dans li siéc des siéc. »

Puis on alluma tous les cierges.

Et une musique, une musique de France emplit la cathédrale, la plus belle de toutes : Notre-Dame de Paris.

Le cœur de Tit Yeyette battait bien fort.

Le soir, on dansa à la cour, on raconta des contes.

« La cou dô ? »

« Non, la cou ne dô pas. »

On dansa aussi dans les rues.

Toute la France dansait.

Alors Yeyette a songé à nous. Elle veut qu'ici, devant les cases, on danse la caleinda au son des chachas et des tam-tams. Et peut-être qu'un jour, Yeyette, après les fêtes, viendra ici sur un vaisseau d'or et d'argent, avec des voiles de diamant.

Elle viendra « briscante, roulante, rebondissante », sans sa couronne, pour ne pas nous impressionner, mais avec son madras comme autrefois, et nous sourira et nous racontera elle-même tout cela de sa jolie voix d'oiseau des isles.

— Je n'ai pas dormi de la nuit, chè doudou, Sonson, mon compère, tellement j'avais hâte de te raconter tout cela.

— Commère, chè doudou, tu as vu que j'ai fumé ma pipe sans t'interrompre ; c'est dire si ton histoire est belle. Mais tu ne me feras pas croire à moi, Sonson, « compè des compè » et « Maître quimboiseur », que tout cela est arrivé !

« Mais pou an bel conte ! c'est an bel conte, chè doudou, ma commè. »

VI

TIT POCAME

IT Pocame était un beau petit nègre. Ses cheveux faisaient mille petits zéros. Il allait pieds nus.

Comme tous les petits nègres « z'habitant » (de la campagne), il avait un gros ventre. Mais sa figure était si pleine de bonté qu'on l'aimait rien qu'à le regarder.

Il n'avait plus de maman. Celle qui l'avait remplacée ne l'aimait pas. Elle lui préférait ses enfants.

Pour eux le linge empesé, la messe le dimanche, les chevaux de bois à la fête patronale.

Pour lui les hardes, les culottes qui laissaient passer la brise. Jamais de sorties. Il s'occupait de rentrer le cochon le soir, et de faire les gros travaux de la maison. Il ne se plaignait jamais, car si la marâtre ne l'aimait pas, lui, il l'aimait de tout son cœur et ne voulait pas lui faire de peine. Il l'appelait maman.

Un jour que sa maman avait cueilli des noix de

coco, elle en remplit un gros sac. Elle chargea Tit Pocame de les apporter à la maison.

— Ou lé ri ? (tu veux rire ?), dit Tit Pocame à sa mère. Je ne peux même pas soulever ce sac ! Ah ! maman, chère maman, tu veux me tuer tout bonnement. C'est dead moins dead (je suis mort). Je ne peux pas porter ce sac, il est trop lourd.

— Tit maudit ! tit scélérat, tit feignant, reprit la mère, je vais te donner au Diable !

Pauvre Tit Pocame !

De ce jour, il se sentit perdu. Il craignait toujours de voir apparaître le Diable. Il se cachait la nuit sous ses hardes, il en transpirait, il priait, il avait peur.

Un soir sans lune, alors qu'ils étaient à table, sa mère lui dit :

— Tit Pocame, va cueillir un piment pour la soupe.

Tit Pocame songea :

— C'est donc ce soir que maman m'envoie au Diable.

Il se leva et alla dans le secret de sa petite cachette chercher des « graines d'oranges ».

Ces graines provenaient de l'orange que lui avait donnée sa marraine le premier de l'an, selon la coutume, comme porte-bonheur. Il les attrapa, les enfouit dans sa poche et partit.

Dehors il faisait tellement noir que Tit Pocame songeait :

« Noir dans le noir, le Diable ne me verra pas. »

Mais les yeux du Diable voient la nuit.

Et Tit Pocame commença à descendre vers les piments qui poussaient dans un fond.

Le chemin glissait comme du savon, avec des précipices autour. Les serpents faisaient : gloc, gloc. Les bambous criaient, gémissaient. Les « cabritt bois » lançaient des rrrrritttt stridents.

Tit Pocame entendait battre son cœur. Il essayait de ne pas faire de bruit. Il retenait sa respiration. Il avançait au ralenti. Il se faisait tout petit, la main dans sa poche, l'autre servant de balancier.

Il allait arriver dans le fond lorsqu'il aperçut une lumière. Peut-être une bête à feu ?

Mais non, c'était une boule de feu.

La lumière avançait, grossissait.

« Mi diab' là ! moins mô ! » (Voici le Diable, je suis mort !)

Il songea à celle qu'il aimait le plus au monde, à sa douce et chère marraine.

Il se souvint des graines d'oranges qu'il tenait dans sa poche. Il les lança devant lui et se mit à chanter :

« Zoranges, poussez, poussez,
Gros diab' là lé mangé moins !
Bon dié c'est papa moins
Songé moins iche Bon dié. »
(Oranges, poussez, poussez,
Le Gros Diable veut me manger,
Le Bon Dieu est mon père,
Rappelle-toi que je suis son enfant.)

Aussitôt un oranger sortit de terre.

La boule de feu se rapprochait. Et Tit Pocame reprit :

« Zoranges branchez, branchez,
Gros diab' là lé mangé moins,
Bon dié, c'est papa moins
Songé moins iche bon dié. »

Et branches de pousser...

La boule de feu n'est plus qu'à quelques pas. Elle

flambe ! Tit Pocame grimpe sur l'arbre qui continue de grandir.

Il chante :

« Zoranges, fleuris, fleuris ;
Gros diab' là lé mangé moins,
Bon dié c'est papa moins
Songé moins iche Bon dié. »

Oranger de fleurir aussitôt.

La boule de feu a disparu. Le Gros Diable est là. Il est au pied de l'arbre. L'arbre grandit toujours.

Tit Pocame chante :

« Zoranges potez, potez,
Gros diab' là lé mangé moins,
Bon dié c'est papa moins
Songé moins iche bon dié. »

L'arbre se couvre aussitôt de belles et grosses oranges. Tit Pocame les cueille et, vlan ! les lance sur le Diable. Plus l'arbre grandit, plus Tit Pocame envoie des oranges, et cogne sur le Diable.

Le Diable s'affaisse, assommé. Il meurt.

À ce moment Tit Pocame touche le ciel.

Le Bon Dieu l'accueille, lui tend les bras, l'embrasse. Les anges lui font fête, les archanges entonnent un hymne et son ange gardien lui sourit.

Tit Pocame est redescendu sur la terre, à bord de son oranger. Car il aimait sa maman et voulait la revoir.

— Maman, j'ai tué le Diable, et j'ai vu le Bon Dieu.

À partir de ce moment, ils vécurent heureux, égaux dans le travail et le bonheur.

VII

TIT VANOUSSE

HÉOLINE était « lessivière ». Elle avait passé la matinée à laver le linge dans la rivière, debout contre une roche, l'étendant au fur et à mesure sur l'herbe au soleil, à « la blannie », l'arrosant de jus de citron pour le blanchir encore davantage. Et maintenant qu'il était rincé et sec, elle en remplissait un « tray » (sorte de plateau en bois). Tout en travaillant, Théoline chantait, lorsqu'elle eut un petit enfant.

Elle allait cueillir des feuilles de balisier pour l'envelopper, quand le bébé parla :

— Je suis Vanousse.

Puis il grimpa sur une roche de la rivière, aida sa mère à charger son tray sur la tête. Lui-même prit un seau plein d'eau. Ils se mirent en route vers leur case. En arrivant Vanousse demanda à manger. Sa mère lui prépara du toloman (bouillie à la fécule de manioc). Vanousse se mit à rire :

— Maman, je ne suis pas un bébé, j'ai faim.

Sa mère, dans un grand plat rond, malaxa un bon « féroce ». Elle mit de la morue rôtie, coupée en petits morceaux avec de la farine de manioc, un avocat entier (beurre végétal), une cuillère d'huile et un piment rouge. Et donna le tout à Vanousse, qui en fit des boulettes qu'il avala avec délice.

Au lieu de l'apaiser, le « féroce » lui ouvrit l'appétit. Et il dévora un fruit à pain.

Il demanda à fumer. Sa mère lui apporta un cigare.

Il s'installa à la machine à coudre et se fit une culotte.

Puis il réclama une canne. Sa mère alla devant la case et lui en fabriqua une avec une branche d'hibiscus.

Il rit encore : quia, quia, quia.

Il ramassa une longue barre à mine qui traînait dans la cour, et, s'en servant comme d'une canne, il s'en alla avec.

Il rencontra des soldats noirs comme des mouches de corbillard, auprès d'un cabrouet à bœufs. Ils essayaient de prendre en charge un immense fromager (arbre géant qui porte le kapok). Ils n'y arrivaient pas.

« Pas mélé, pas mélé » (ne te mêle pas de cela), lui crièrent les soldats.

Tit Vanousse, pour bien montrer son autorité, s'approcha et de son épaule poussa l'arbre. Puis il se mit à califourchon sur le tronc.

Apprenant que le cabrouet avait été chargé, le Roy, surpris, fit appeler Vanousse. Vanousse refusa d'obéir.

« Moins pas ni mait' » (je n'ai pas de maître).

Alors le Roy l'envoya chercher en carrosse doré. Vanousse y prit place :

« Valets, au galop chez le Roy. »

En arrivant il dit :
— Bonjour, Roy, et non : « Bonjour, Majesté. »
— Bonjour, Vanousse, répondit le Roy.
— Non, Roy, MONSIEUR Vanousse.
— Eh bien ! puisque vous êtes si vaillant, MONSIEUR Vanousse, tirez-moi d'embarras. Un ogre et un géant me doivent chacun six cabrouets de richesse. Ils habitent de l'autre côté de la mer, dans l'île des Saintes. Vous sentez-vous capable d'affronter ces monstres ?
— Moins pas peu ayen ! (Je n'ai peur de rien !), confia Vanousse au Roy, mais « zaffai cabritt pas zaffai mouton » (les affaires du cabri ne sont pas celles du mouton). Je ne vois pas pourquoi je me mêlerais de vos « tribulations » (ennuis).
— Cher MONSIEUR Vanousse, je croirai que vous avez peur !
— Que le tonnerre de Dieu m'écrase, si j'ai peur ! Eh bien ! donnez-moi douze cabrouets, des soldats, tout de suite pendant que j'ai « le sang chaud », et je tente l'aventure.

Le Roy lui donna tout cela sur-le-champ et un treizième cabrouet pour lui.

Vanousse avec sa suite traversa des savanes, des rivières à gué, dévala des mornes, faisant courir les bœufs à coups de « picoua » (aiguillon).

Il arriva devant une crique bleue. Il se croisa les bras, regarda l'horizon, concentra ses pensées. On apercevait très loin contre le ciel une bande grise de montagnes.
— Dételez les bœufs, commanda-t-il, mais tout « jougqués » (avec leur joug).

Il fit rouler les cabrouets sur la plage, et mit dedans les soldats et les bœufs avec leur joug. Alors il lança les cabrouets un par un, sur la mer, comme on lance une vedette.

Il lança aussi son cabrouet, le prit au vol, et toucha terre en même temps que les autres.

— C'est mô nous ka mô icitt (c'est la mort qui nous attend ici), crièrent les soldats en débarquant.

Devant eux, c'était le pays tourmenté, sauvage, impénétrable. On attela de nouveau les bœufs aux cabrouets et l'on se mit en marche.

Vanousse aperçut l'habitation de l'ogre, tout en haut du morne. Ils grimpèrent. Vanousse frappa : to, to, to...

— C'est Vanousse ! Je viens de la part du Roy chercher la fortune que vous lui devez.

Et l'ogre disait à sa femme :

— Commère, ma femme, je sens de la chair fraîche !

Mais la porte restait close.

Vanousse, impatient, frappa de nouveau :

— To, to, to... ouvrez, c'est Vanousse ; je viens de la part du Roy chercher la fortune que vous lui devez.

Et l'ogre répétait toujours :

— Commère, ma femme, je sens de la chair fraîche.

Enfin, l'ogre sortit, humant l'air. Il flaira Vanousse. Vanousse le saisit et d'un seul coup le fit tournoyer dans les airs.

— Ma femme, ma femme, hurla l'ogre, donnez-lui la fortune !

On remplit sept cabrouets de pépites et de rubis.

Cela fait, Vanousse lança l'ogre par-dessus la mer. Il en fit autant de la femme aux longs cheveux. Puis il alla trouver le géant.

Le géant habitait au fond d'un val d'où émergeaient des mahoganis hauts de 100 mètres. Des serpents s'y cachaient sous des pieds d'ananas. Des orangers fleurissaient.

Tit Vanousse découvrit sa case. Il frappa : « to, to, to ».

— Qui est là ? répondit une voix sourde comme le tonnerre du volcan.

— C'est Vanousse ! Je viens de la part du Roy chercher la fortune que vous lui devez.

Le géant sortit, ses grands bras battant l'espace. Il se baissa pour chercher Vanousse. Vanousse l'empoigna par ses cheveux roux et le fit tourner si vite qu'il eut juste le temps de crier :

— Ma femme, ma femme, donnez-lui la fortune.

On en remplit les cabrouets restants. Tous débordaient d'or, de perles, de bijoux, y compris celui de Vanousse.

Vanousse ramassa une poule frisée qui piquetait la terre, un bouc sans corne, les lança au-dessus de son chargement pour le protéger des « zombis » (maléfices).

Le géant, remis sur pied, reprenait ses esprits. Vanousse souffla dessus. Le géant s'éleva dans les airs et prit la direction de la mer. On entendit un plouf ! Il était tombé dedans !

Vanousse en fit autant de la femme du géant.

Un requin sortit de l'eau. La mer se teinta de rouge.

On entassa solidement les richesses avec des lianes de mahaut, et la poule et le bouc furent attachés.

Vanousse ramena les douze cabrouets du Roy. Le sien venait derrière.

On accueillit Vanousse au son du canon.

Le Roy lui présenta sa fille : une belle Indienne. Il était veuf : il demanda à connaître la mère de Vanousse.

— Un instant, répondit Vanousse.

Il se précipita chez sa mère, l'habilla d'une jolie robe couleur de lune.

Le Roy arriva, demanda la main de la maman.

— Je vous l'accorde, Roy, à condition que vous m'accordiez celle de votre fille, dit Vanousse.

Le Roy donna sa fille à Vanousse. On fit les deux mariages le même jour.

Quelle noce, mes amis ! Les cornes de lambis se répondaient de morne en morne. Le tam-tam du « bel ai » résonnait dans les bois. On tapissa les maisons de feuilles de cocotier, on les orna de fleurs ; des tapis drapaient les balcons, tout pleins de couleurs. On fit le cortège à cheval. On enflamma les buissons. Les mariés durent franchir les feux. Ce fut un jeu pour Vanousse et la belle Indienne, mais le Roy y perdit son chapeau et la mariée son madras.

Devant la case du Roy, un groupe de charivari était là avec tout ce qui pouvait faire du bruit : tambou bel ai, chachas (boîtes de fer remplies de clous), musique tits bois bambou (sortes de castagnettes), sifflets, accordéons, trombone et clarinette.

On fit courir des chiens avec une casserole attachée au bout de la queue.

Et quel repas, mes amis !

Molocoye au riz, tortue de terre, vers palmistes au goût de noisette, gâteaux sucrés larges comme des roues de cabrouet, galettes moussache, figues cicis, et tout cela sous une immense paillote ouverte aux alizés.

J'essayais d'attraper des miettes sous la table... Vanousse me lança un coup de pied, qui m'envoya jusqu'ici vous raconter cette belle histoire.

VIII

CHRISOPOMPE DE POMPINASSE

ETTE dame, qui donc était reine, était désespérée. Elle désirait un enfant et ne pouvait en avoir un. Elle avait fait des neuvaines auprès du Bon Dieu.

La population, en de grandes processions, avait porté jusqu'au ciel le désir de la reine.

« Bon Dié pas té ka voyié iche pouli » (Le Bon Dieu ne lui envoyait pas d'enfant).

Une vieille femme lui dit :

— Mangez poisson, poisson titiri. Le Bon Dieu bénit les pêcheurs. Vous voyez bien qu'ils ont beaucoup d'enfants. Mangez du poisson titiri, le Bon Dieu vous enverra beaucoup d'enfants.

La reine mangea du poisson titiri à toutes les sauces : court-bouillon, blaff, « z'accras » (croquettes). Le résultat fut négatif.

Alors elle alla faire une cure à la fontaine Moutte. « Qui boit l'eau de Moutte a un petit enfant. »

La reine n'eut pas de petit enfant.

Que faire ? Cependant, elle était bonne, elle était charitable. Elle se promenait triste, triste dans son grand palais. Elle voulait un petit enfant !

Elle était désespérée, si désespérée qu'un jour elle dit :

— J'ai tellement envie d'un petit enfant, que même si c'était le Diable qui me le portait, je le prendrais !

Aussitôt elle vit arriver un Monsieur tout de blanc habillé, qui lui dit :

— Qu'il soit fait selon votre désir. Vous aurez un petit enfant et il sera à vous, à condition de me dire mon nom. Je reviendrai dans six mois. Si vous ne savez pas mon nom à mon retour, nous séparerons l'enfant en deux, moitié pour moitié, l'une pour vous, l'autre pour moi.

La reine désirait tellement un enfant qu'elle accepta ce marché. Et le lendemain, elle trouva dans son lit un joli petit enfant blond qui lui souriait.

Dans une petite case, une mère et son fils ne savaient comment se tirer de misère. La mère cependant travaillait beaucoup, comme « un mâle bœuf », mais sans profit.

— Pas pléré, lui dit son fils. Nous avons faim, mais pas pour longtemps. Aujourd'hui, je pars.

— Où vas-tu, mon fils ?

— Je ne sais pas. Mais « pas ni gros poil » (n'aie pas de chagrin).

Et la mère répondit :

— Pauv' iche moins ! lan misé raide ! (Pauvre enfant, la misère est dure !) Reste honnête. Surtout ne fais pas de dettes. Les dettes rendent l'homme poltron. Que le Bon Dieu soit avec toi !

Il partit ! Il marcha, il marcha, il marcha...

Il arriva dans un grand bois, s'y enfonça.

Il sentit une grande chaleur et entendit un bruit de tonnerre. Alors il monta au faîte d'un arbre. De là, il vit le Diable devant un four et qui mettait du bois dans le four. Le Diable chantait :

« Aujourd'hui je cuis mon pain,
Demain je cuirai ma bière,
Et dans trois jours le fils de la reine,
Car la Reine ne sait pas mon nom :
CHRISOPOMPE DE POMPINASSE. »

Quelle révélation !

Il descendit de l'arbre. Son pantalon s'accrocha ; il se retrouva en bas, sali, déchiré. Il courut chez sa mère.

— Iche moins chè, çà qui rivé ou ? (Mon enfant cher, que t'est-il arrivé ?)

— Maman, ne te fais pas de souci, donne-moi du linge propre. « Moins ka rupati » (je repars).

Et il s'en alla directement chez la reine.

La reine était bien occupée avec son enfant. Et toutes les portes du palais étaient ouvertes. Les bonnes bavardaient près des bassins.

Il entra et arriva aux pieds de la reine. Celle-ci, surprise, appela les domestiques.

— Domestiques, comment se fait-il que vous laissiez entrer ici les vagabonds ?

Le petit garçon s'approcha de la reine et murmura de façon à n'être entendu que d'elle :

— C'est pour l'enfant.

Alors la reine cria aux domestiques :

— Laissez-le, allez-vous-en.

Quand ils furent seuls, le petit garçon dit à la reine :

— Dans trois jours, le Diable, le Gros Diable, sera ici ! Quel est le nom du Diable ?

La reine avait complètement oublié le Diable. Elle resta interloquée. Comment ce petit garçon pouvait-il savoir son secret ?

Son nom ?... Elle chercha... Leron ?... Homère ?...

— Où pas save pièce ? (Vous ne savez pas du tout ?)

Alors le petit garçon grimpa sur les genoux de la reine, s'approcha de ses oreilles et dit :

— C'est CHRISOPOMPE DE POMPINASSE.

La reine était contente ! contente ! Elle demanda :

— Çà moins ké ba ou ? (Que vais-je te donner ?)

— Pour aujourd'hui, répondit le petit garçon, donnez-moi à manger.

On lui servit un bon repas. On lui donna à emporter un sac rempli de choux caraïbes, des bananes « tit nain », de la morue, un peu de tafia. On le rhabilla tout de blanc. Et il retrouva sa maman.

En arrivant, il posa d'un seul coup son sac sur la table. Sa figure brillait comme une clarinette neuve.

Chez la reine, le Diable arrive. L'enfant est déjà à lui.

— Mon nom ! dit le Diable.

— Euh ! fait la reine, prenant sa revanche sur le Diable,... Eudor ? Horace ?... César ?...

Le Diable frétille, « ka fait majô » (fait le conquérant).

— Allons, dit-il, encore une seconde et demie et je fends l'enfant en deux, moitié pour moitié.

Alors la reine se lève, son enfant dans les bras, regarde le Diable en face, dans « cocos z'yeux » (dans le blanc des yeux), et lui lance en articulant chaque syllabe :

— CHRISOPOMPE DE POMPINASSE.

Le Diable rugit. Et il s'évanouit dans un tourbillon de fumée.

Le petit garçon revint chez la reine. Celle-ci était très heureuse. Elle l'embrassa, le fit asseoir au salon. Et lui remit un papier, long comme ça..., chiffré, timbré, sur vélin. C'était un acte de donation.

Le petit garçon but, mangea. On l'habilla de neuf, avec une belle casquette blanche. On le mit dans une grande auto : une Cadillac.

Il arriva chez sa mère :

— Maman, nous sommes riches ! Regarde ce papier ; nous avons une belle maison ; une grande propriété !

Aujourd'hui Monsieur est sur la propriété. J'ai été le voir, il fumait un « boutt » (un cigare) devant sa porte. Il cria :

— Je ne reçois pas les vagabonds.

Et il lâcha les chiens...

« Zott pas trouvé y trop comparaison ? » (Vous ne trouvez pas qu'il est trop prétentieux ?)

IX

BARBE-BLEUE

ETTE fille, qui donc était à marier, refusait tous les prétendants, si beaux et si riches qu'ils fussent.

Elle ne les trouvait jamais dignes d'elle : elle était trop orgueilleuse ! Et sa vieille nourrice lui répétait :

— Prends garde ! tu finiras par épouser un fantôme, à moins que ce ne soit le Diable lui-même.

Il se présenta un beau jeune homme, tout en argent, monté sur un cheval blanc.

Sitôt qu'elle l'aperçut, elle se mit à chanter :

« Dâ Nicolas, mi an Missié,
Dis li pâti, Dâ Nicolas,
Moins pas lé li, dâ Nicolas. »
(Nourrice Nicolas, voici un Monsieur,
Dis-lui de partir, nourrice Nicolas,
Je ne veux pas de lui, nourrice Nicolas.)

Il en arriva un autre tout en or, monté sur un cheval noir. Il n'eut pas plus de succès.

« Dâ Nicolas, mi an Missié,
I tout en o'r, dâ Nicolas,
Moins pas lé li, dâ Nicolas !
Dis li pâti, dâ Nicolas ! »

Il en arriva un troisième, tout en diamant, monté sur un cheval rouge. Elle refusa de le voir.

« Dâ Nicolas, mi an Missié,
I tout diamant, dâ Nicolas,
Moins pas lé li, dâ Nicolas !
Dis li pâti, dâ Nicolas ! »

Elle ne voulait épouser qu'un homme aux dents bleues.

Enfin, il arriva, on ne sait d'où, un homme, « bel game, briscan » (élégant, distingué), un beau Blanc qui avait les dents bleues.

Sitôt qu'elle l'aperçut, elle se mit à chanter :

« Dâ Nicolas, mi an Missié,
I ni dents bleues, dâ Nicolas,
Dis li entré, dâ Nicolas.
Moins le mayé, dâ Nicolas ! »

Il la demanda en mariage. Et il lui envoyait des fleurs, des orchidées qu'il allait cueillir lui-même dans les grands bois.

Et Coraline était contente !

« Comm' an tit 'z'otolan en tê brîlée,
comm' an tit cabritt bois assou carrié. »
(Comme un petit ortolan dans le désert,
comme un criquet parmi les pierres.)

Mais la maman était bien inquiète : cet homme n'était pas ordinaire ! Elle venait de s'en apercevoir à ses billets de banque qui avaient une odeur de cercueil, une odeur de mausolée.

— Ma fille, dit-elle, voici une épingle d'or. Lorsque ton fiancé sera là, pique-le comme par mégarde. S'il sort du sang de la piqûre, c'est un honnête homme. S'il en sort de la matière — du pus —, c'est le Diable !

Coraline piqua son fiancé. Il en sortit de la « matière ».

Elle l'aimait tellement qu'elle n'en dit rien à sa mère.

— Maman, c'est sang qui soti. (Maman, il en est sorti du sang.)

On fit une noce magnifique. Coraline ouvrit le bal au son d'un orchestre endiablé.

On dansa le quadrille, la haute taille.

« Cavaliers ! prenez vos dames ! En avant deux ! violons, ronflez ! Encore une fois, chassez ! croisez ! balancez, faites li rond ! » Les danseurs s'échauffaient, le « petit feu » (le rhum) aidant.

« Cavaliers, prenez le vol ! »

Et l'on biguina ! Et l'on dansa la ghuia !

Au moment de s'en aller, la jeune mariée discrètement fit des adieux.

Elle avait trois frères, mais elle n'aimait pas le plus jeune. Elle embrassa les deux aînés et leur montrant un petit rosier couvert de fleurs :

— Regardez-le souvent, leur dit-elle, car si les fleurs se fanent, c'est que je serai en grand danger.

Le petit dernier, caché derrière un arbre, avait tout entendu.

Coraline partit donc avec son mari, l'homme aux dents bleues.

Ils arrivèrent devant une belle case, sur un piton. Ils avaient très soif. Coraline se versa un grand verre d'eau de source. L'homme aux dents bleues tordit le cou à deux poulets, en but le sang tout chaud.

Puis il remit à sa femme un trousseau de clés. Et lui montrant les portes de la case, et de la case à vent et de la case à farine, il disait :

« Ouvè ta a, pas ouvè ta a..., ouvè ta a, pas ouvè ta a... ouvè ta a, pas ouvè ta a... » (Ouvre celle-ci, n'ouvre pas celle-là.)

Puis il descendit dans la cour et donna à manger à son coq favori. Il lui donna des clous à ferrer et du maïs. Tout en distribuant à manger, il chantait :

« Agoulame, cocame, volame,
agoulame, cocame, volame. »

Et le coq avalait une bouchée et, entre chaque bouchée, prenait une gorgée d'eau.

Quand ce fut fini, l'homme aux dents bleues enfourcha son cheval.

L'épousée, restée seule, se sentait perdue. Dans son émotion, elle ne se souvenait plus quelles portes il fallait ouvrir ou pas.

Elle tourna les clés au hasard. Horreur ! Devant elle, égorgées, étaient pendues des femmes.

Elle en vit une accrochée, tête en bas, et qui vivait.

C'était la belle-mère du Diable.

Et cette femme se mit à rire :

— Ah ! ah ! te voilà ! Grâce à toi, mon tour d'être égorgée n'est pas encore venu. Je suis mise ici en réserve, car le Diable, pour rester jeune, a besoin de sang humain.

Coraline eut si peur que les clés lui tombèrent des mains, dans du sang. Vite elle les ramassa, et se mit à les nettoyer avec du citron et de la cendre. Mais les clés restaient rouges.

À ce moment, le coq envoya des cocoricos d'alerte à son Maître le Diable ! C'était le signal !

Le Diable accourut, franchissant la mer, les mornes, les champs de canne.

— Tu m'as désobéi. Tu seras égorgée comme les autres !

Et il brandit son grand coutelas pour lui trancher le cou. Mais Coraline demanda un moment pour prier Dieu.

— Soit ! répondit le Diable, mais la moitié d'un quart d'heure seulement.

Elle monta dans sa chambre. Auparavant, elle eut soin de déposer un Christ au bas de l'escalier. Et pendant qu'elle priait, elle entendait le Diable qui, en bas, faisait : to to to, avec un pilon.

Il chantait :

« To ka pilé sel,
to ka pilé poiv'
pou mangé to »
(Moi je pile du sel,
moi je pile du poivre,
pour manger toi)

Le temps écoulé, le Diable cria :

— Descendez !

— Encore un moment ! implora Coraline.

Le Diable veut monter. Il se heurte au Christ.

« Toute moune save Diab' peu Christ » (tout le monde sait que le Diable a peur du Christ).

Il reste au bas de l'escalier et il crie : « ka guélé ! ka guélé ! » Coraline a tellement peur qu'elle descend, lentement, lentement. À ce moment, le dernier petit frère regarde le rosier. Le rosier était desséché.

— Frères, dit-il à ses aînés, à l'heure qu'il est, les

os de notre sœur sont déjà devenus des petits sifflets.

Les aînés enfourchent leur cheval et au vol attrapent leur fusil chargé de pièces d'argent, « des gourdes » !

Le petit venait derrière, son fusil chargé de pièces de cuivre.

« Blakata, blakata », faisaient les chevaux en galopant.

« Ka fait vent et pis di feu » (faisaient du vent et du feu).

Les cavaliers arrivent à la grande case du Diable. Et que voient-ils ? Leur sœur, tête baissée et le Diable brandissant son grand coutelas bleu pour lui couper le cou.

L'aîné épaule son fusil, vise le Diable, tire. Les « gourdes » glissent sur le Diable et roulent par terre. Le Diable se baisse et les ramasse.

— Beau-frère, voici votre argent.

Le second des trois frères vise aussi le Diable. De nouveau les pièces d'argent glissent sur le Diable. Le Diable les ramasse une à une.

— Beau-frère, voici votre argent.

Le petit frère, auquel personne ne songe, arrive tout essoufflé, en sueur. Personne ne le remarque. Il tire avec son fusil chargé de pièces de cuivre.

Le Diable tombe mort, à terre.

Une odeur épouvantable emplit l'air.

Le Diable sentait tellement mauvais que pas même une fourmi rouge ne l'abordait.

La nuit, la terre trembla et s'ouvrit. Le Diable rentra dedans.

À cette place pousse un pied de lépini, cet arbre tout en piquants.

X

PLUS FORT QUE LE DIABLE

FÈFÈNE n'était pas grand, mais il était très malin. C'était « un fléau d'intelligence ». Ses yeux brillaient comme ceux du ouistiti. Il voyait tout, il entendait tout.

Avant de mourir, sa maman lui avait donné un vieux doublon qui provenait du tombeau d'un vieux Caraïbe, son père. Elle lui avait dit :

— Ne te sépare jamais de ce doublon, il est enchanté ; il te protégera.

Un jour que Fèfène se promenait, le nez en l'air, à la chasse au manicou, il rencontra un homme qui jonglait avec de grosses boules de cristal. Il les envoyait en l'air, haut, très haut. Elles retombaient toujours dans ses mains, jamais à terre.

Fèfène « rété gadé, rété gadé » (resta à regarder...), ventre en avant, bras ballants, le doublon dans sa poche.

L'homme partit. Fèfène le suivit.

L'homme songeait : « Tit gaçon a pas ni maitt. » (Ce petit garçon n'a pas de maître.)

Hélas ! Fèfène ne le savait que trop. Il était orphelin.

Ni papa, ni maman, pensait-il.

L'homme l'adopta sur-le-champ.

« Yo maché, yo maché, yo maché... » (Ils marchèrent, ils marchèrent, ils marchèrent...) Ils rencontrèrent un « nèg z'habitant » (nègre des bois).

Grand, grand, grand, gros, gros, gros.

Il ressemblait à un fromager (arbre colossal). Quand il marchait, la terre tremblait.

Ils s'arrêtèrent tous en même temps, comme s'ils s'étaient donné rendez-vous.

L'homme grand, gros se présenta.

— Je suis le Briseur-de-montagne.

Et tous trois continuèrent leur route.

« Yo maché, yo maché, yo maché... » (Ils marchèrent, ils marchèrent, ils marchèrent...) Champs de canne, champs de canne, et encore champs de canne...

La brise y faisait des vagues, les cannes chantaient. Au loin la mer était violette.

« Yo maché, yo maché, yo maché... » (Ils marchèrent, ils marchèrent, ils marchèrent...) Ils arrivèrent au pied d'un morne pointu comme un chapeau de gendarme et se trouvèrent devant une usine.

De grands bâtiments s'élevaient là. L'usine marchait seule. Elle était vide. C'était l'usine du Diable. Cela sentait le rhum, le vesou, le tafia.

Ils entrèrent, ils prirent possession de l'usine et commencèrent à préparer le déjeuner.

Ils avaient déjà allumé le feu, étranglé un coq, lorsque midi sonna.

Midi ! le Diable arrive ! Il les voit tous les trois.

Le jongleur veut jongler avec le Diable, le Diable est le plus fort. Il tue le jongleur, et hop ! il le lance par-dessus sa tête, au loin, très loin, chez lui, sous terre.

Le Briseur-de-montagne s'approche du Diable. Le Diable commence à trembler. « Yo goumein, yo goumein, yo goumein ! » (Ils gourmèrent, ils gourmèrent, ils gourmèrent !)

À la fin, le Diable fut le plus fort. Il tua le Briseur-de-montagne et hop ! il le prit, le lança loin, très loin, chez lui, sous terre.

Alors resta le petit Fèfène !

Fèfène s'arma d'un « bec mère » (tête en dents de scie d'un poisson, la mère balaou, dont la blessure est souvent mortelle parce que la tête a été imprégnée de poison).

Il grimpa sur le Diable comme une fourmi, arriva en haut, et vlan, du « bec mère » lui creva les yeux.

Le Diable voit rouge, il hurle, veut saisir Fèfène, n'y arrive pas. Fèfène saisit une poutre et s'y accroche, suspendu au plafond.

Le Diable se secoue comme agité par un cyclone. Il s'en va tapant du pied, hurlant comme un tonnerre.

Le petit garçon reste seul.

Il dégringole du plafond. Il suit le Diable aux traces de sang qu'il a laissées. Elles le conduisent à un nid de fourmis rouges.

Il descend dans le nid de fourmis et s'enfonce dans les galeries. Il arrive au fond de la terre. Il est devant un beau château. Il entre, va de chambre en chambre. Il ouvre toutes les portes.

Il voit des morts, des morts... Tous ceux que le Diable a tués. Il reconnaît le jongleur et le Briseur-de-montagne, étendus sans vie.

Il s'approche de leur oreille et tout doucement leur donne une commission pour le Bon Dieu.

Il regarde encore ses amis, définitivement morts. Alors il achève de tuer le Diable d'un coup de « bois mondingue », lui coupe la langue et la met dans sa poche.

Il remplit un sac de trésors : doublons, perles, diamants. Mais il ne retrouve plus sa route.

Il aperçoit un petit âne, il grimpe dessus. Le petit âne le conduit à la sortie. Le voilà en haut sur la terre. Il se retrouve à l'usine : les turbines tournent, le sirop bout, fermente, l'usine entière ronfle.

Il garde le petit âne.

Il prend une grosse pierre « de fer », la pose sur le nid de fourmis rouges, et l'y scelle pour que le Diable ne puisse sortir (avec le Diable on ne sait jamais).

Aujourd'hui Fèfène est un Monsieur. Monsieur est marié ! Monsieur a beaucoup d'enfants.

Les nègres travaillent à la chaîne sur la propriété. Les bœufs eux-mêmes obéissent aux rythmes et aux voix. Et quand Monsieur passe dans son auto américaine, on dit :

« Missié ta a, c'est missié l'agent, missié plis fô qui diab'. » (Ce monsieur, c'est monsieur la Fortune, c'est monsieur plus fort que le Diable.)

Fèfène a fait monter le doublon que lui avait donné sa mère à une grosse chaîne de montre en or, qu'il porte sur un gilet brodé.

XI

CYNELLE

YNELLE n'avait ni père ni mère. Elle habitait toute seule avec ses sept frères dans une petite case, au milieu des bois.

Ils étaient loin de tout. Et c'était une affaire que d'aller en ville ! Aussi, comme il n'y avait chez eux ni pierre à feu, ni allumette, ses frères lui avaient donné la garde du feu.

Lorsque Cynelle avait fini de faire la cuisine, elle avait bien soin de cacher la braise sous la cendre.

Mais « jou malheu pas ni prend gade ! » (on ne peut éviter le malheur écrit d'avance).

Et, un jour où elle avait tardé à recouvrir la braise de cendre, le petit chat alla dans le foyer, juste entre trois roches, et fit pipi sur le feu.

Quand Cynelle arriva, elle trouva « di fé a mô » (le feu éteint).

Mon Dieu ! mon Dieu ! qu'est-ce que je vais faire ?

Elle partit...

Elle marcha, elle marcha, elle marcha.

Elle vit une petite lumière au loin. Elle se dirigea vers cette lumière, et se trouva devant une case.

Dans cette case était une vieille femme, assise, en train de fumer sa pipe. C'était la maman du Diable. Cynelle lui demanda « tit brin di fé » (un peu de feu).

— Si je te donne du feu, que me donneras-tu ? lui répondit maman diab'.

— Madame, que voulez-vous que je vous donne ? Je suis une pauvre petite malheureuse qui vis avec ses sept frères. Je n'ai rien.

— Eh bien ! puisque tu n'as rien, voici ce que tu feras : quand tu seras de retour chez toi, perce un trou dans la cloison de ta chambre, un tout petit trou, juste pour y passer le doigt. Lorsque tu iras te coucher, tu passeras ton doigt par le trou. Tu vois, ce n'est rien. Mais surtout, ne le raconte pas !

Ce soir-là, lorsque les frères de Cynelle arrivèrent, le dîner était cuit à point, et tous ignorèrent l'histoire du feu.

Les jours passaient et Cynelle dépérissait à vue d'œil.

— Qu'as-tu ? lui disaient ses frères. Tu manges, tu bois, et tu fonds comme « cire qui lumé » (la cire allumée).

Ils n'y comprenaient rien.

Cynelle devenait tellement faible qu'elle dut s'aliter. Elle appela auprès d'elle son dernier petit frère. Et lui raconta comment, tous les soirs, la vieille maman diab' venait lui sucer un doigt. C'était la jeunesse de Cynelle que maman diab' prenait ainsi.

Il alla à son tour tout raconter à ses frères.

Le soir venu, les sept frères aiguisèrent leur coutelas, et se postèrent de chaque côté de la case. Lorsque maman diab' arriva, ils la tuèrent, lui arrachèrent les membres, la coupèrent en morceaux et jetèrent le tout au vent.

Malheureusement, il ne s'agissait pas de maman diab'.

Ce soir-là, justement, maman diab' avait envoyé sa fille à sa place.

La nuit suivante, maman diab' revint autour de la case. Elle ramassa ce qui restait de sa fille. Avec ces débris, elle fit des peignes.

Puis elle se déguisa en mendiante et vint offrir à Cynelle ses peignes à acheter.

Cynelle lui en acheta un pour lui faire plaisir.

Avec ce peigne, elle peigna un de ses frères.

Le frère se changea en mouton.

Elle en peigna un autre : il se changea aussi en mouton.

Elle les peigna tous !

Les sept frères devinrent ainsi sept moutons. « Mi bilan, mime ! » (Vrai, quelle histoire !)

Ils tournaient en rond autour d'elle. « Mè, mè, mè... », faisaient les moutons toute la journée.

Elle ne savait que faire. Elle prit le parti d'aller leur chercher à manger. Elle leur rapporta de la « liane douce ». Elle choisissait les herbes.

Elle ne faisait plus de cuisine, se nourrissait de goyaves et de ziccaques. Elle devint encore plus maigre.

Les moutons s'ennuyaient. Elle les emmena avec elle au bois.

Monsieur le Roy la rencontra : « ça ou ka fait comm' ça chè doudou, épi sept moutons à l'entou ou ? » (Que fais-tu ainsi, doudou, avec sept moutons autour de toi ?)

Alors, elle lui raconta son aventure.

Il la demanda en mariage. Elle accepta, à condition qu'il ne tuerait jamais les moutons, ses sept frères.

Quand Cynelle arriva au château du Roy, elle y trouva maman diab'. Monsieur le Roy l'avait engagée comme bonne.

Cependant le temps s'écoulait calme dans le château.

Cynelle attendait un bébé.

Un jour que Monsieur le Roy était parti en voyage, Cynelle descendit se promener dans la cour. Elle aperçut une grenade bien mûre sur le grenadier qui poussait juste au-dessus du puits.

Elle en eut une grande envie et demanda à la bonne de la lui cueillir.

— Non, dit maman diab', cueillez-la vous-même !

Lorsque Cynelle fut sur la margelle du puits, maman diab' la poussa. Cynelle tomba au fond du puits.

Aussitôt maman diab' alla dans la chambre de Cynelle, en ferma toutes les persiennes, et dans l'obscurité se déshabilla et se mit au lit, dans les dentelles.

Monsieur le Roy arriva et fut étonné de trouver sa femme au lit.

— Je suis bien malade, dit maman diab'. Je voudrais manger un bon « pâté en pot », mais il faut qu'il soit fait avec le plus gros des moutons.

En entendant cela, le Roy pensa que sa femme en effet était bien malade et qu'elle délirait.

— Cynelle, chère, tu m'as fait jurer de ne jamais tuer un seul des sept moutons. Je ne puis faillir à ma promesse. Je vais te donner autre chose, ce que tu voudras.

— Non ! je veux le gros mouton. Je vais mourir et cela seul peut me sauver.

Monsieur le Roy était bien ennuyé. La mort dans l'âme, il donna l'ordre de tuer le plus gros des moutons.

On ouvrit la porte du parc à moutons.

Tous s'échappèrent et se mirent à courir autour du puits. Le domestique courait derrière.

« Mè, mè, mè », faisaient les moutons.

Et ils couraient de plus en plus vite.

Tout d'un coup, voyant qu'ils allaient être attrapés, le gros mouton se mit à chanter :

« Cynelle, Cynelle,
Le Roy me veut manger,
Cynelle, Cynelle,
Le Roi me veut manger. »

Et les autres reprenaient en chœur :

« Le Roy me veut manger,
Le Roy me veut manger. »

Alors du fond du puits, une voix répondit :

« Non, non, mon frère,
Le Roy m'avait promis,
Non, non, mon frère,
Le Roy m'avait promis. »

Effrayé, le domestique alla prévenir le Roy, qui arriva.

On descendit dans le puits. On y trouva Cynelle avec un petit enfant tout blanc. On la ramena.

Cynelle raconta tout.

— Que veux-tu que je fasse à maman diab' ? demanda le Roy.

— Rien, répondit Cynelle, mais qu'elle me rende mes frères.

Et la vieille femme arriva. De chaque tête de mouton, elle enleva une épingle d'or. Aussitôt chaque mouton redevenait un garçon.

Alors, le Roy donna un grand dîner avec les sept frères. J'étais sous la table. Et je mangeais les os.

Au dessert, on alla chercher la vieille maman diab' à la cuisine ; on la mit derrière un cabrouet à bœufs et on l'écartela.

XII

LA PLUS BELLE EN BAS LA BAILLE

NE mère avait deux filles, l'une qu'on nommait Térébenthine. L'autre avait nom Cécenne, car elle était souvent auprès du feu, dans les cendres. C'est elle qui faisait la cuisine, c'est elle qui faisait la vaisselle, c'est elle aussi qui travaillait aux champs.

Plus elle travaillait, plus elle devenait belle. Mais sa mère ne l'aimait pas ; elle lui préférait Térébenthine. Elle racontait qu'une diablesse avait présidé à la naissance de Cécenne :

Le jour de son baptême, alors que l'on dansait, arriva une femme, extraordinairement belle. Elle demanda à se laver les pieds. On lui donna une de ces grosses terrines de terre rouge, comme il s'en fait dans le pays pour cet usage. Et l'on entendit « tick ! » un bruit de fêlure.

« Ca pas ayen » (ce n'est rien), dit-elle, c'est mon bracelet qui a tinté.

Puis parée de ses gros bijoux d'or anciens, elle se mêla au bal. Elle était déchaînée.

Elle berça l'enfant et dansa jusqu'au matin.

Au matin, chacun s'en alla. Elle aussi. Mais en passant auprès de la case de la marraine, elle se mit à rire bruyamment en soulevant ses jupes, et l'on s'aperçut que c'était une diablesse. Elle avait un sabot de cheval à la place du pied gauche.

La terrine où elle s'était lavé le pied porte encore la marque du sabot.

Un matin, Cécenne alla aux champs.

« Ka coupe cannes épi coutelas,
Ka chanté en bas soleil chaud,
Ka chagé bourrique là. »
(Coupait la canne au coutelas,
Chantait sous le chaud soleil,
Chargeait la bourrique.)

Un beau monsieur vint à passer, un monsieur à cheval.

Cécenne continua à couper les cannes, son grand chapeau bacoua sur la tête, et un madras autour des reins. Et Cécenne en travaillant chantait la ritournelle à la mode :

« Abraham ! soulagé moins !
Yoh ! yoh ! missié Michel !
Missié Michel pas lé ba dé francs !
Maman la grève barré moins !
(Abraham ! protégez-moi !
Oh ! oh ! monsieur Michel !
Monsieur Michel ne veut pas payer deux francs !
La mère grève m'a bloquée.)

Le cavalier stoppa, descendit de cheval, s'approcha de Cécenne, la regarda :

« Bels z'yeux, bels cheveux. »

Il la regardait silencieux, immobile, sa badine à la main.

Cécenne s'arrêta de chanter, timide, étonnée.

Alors il s'avança, détacha un bouquet d'hibiscus qui pendait aux rênes de son cheval, et l'accrocha au chapeau bacoua de Cécenne.

— La pli bel' qui nom ou ? (La plus belle, quel est ton nom ?)

— Nom moins, c'est Cécenne.

— Eti où ka rété ? (Où demeures-tu ?)

— Missié, je demeure à la croisée, là où il y a un grand pied de myrrhe et dessous une petite chapelle de la Vierge.

— Bon, dit le cavalier, je viendrai demain chez ta mère lui rendre visite.

Il monta à cheval, et « disparaitt' prend li » (il disparut).

Cécenne se demandait si elle n'avait pas rêvé. Mais non ! Les hibiscus rouges, les hibiscus roses, les hibiscus blancs s'étalaient sur son chapeau bacoua.

L'âne se mit à braire. C'était l'heure de rentrer.

Elle le chargea de canne et de paille et l'on ne vit plus que ses pieds.

— Hi ! bourrique, fit-elle.

Il détala. Elle venait derrière, le tenant par la queue.

Quand elle arriva à la case, elle annonça la venue prochaine du brillant cavalier.

La mère n'eut plus qu'une idée : évincer Cécenne pour laisser toutes les chances d'épousailles à Térébenthine.

Le lendemain, le fringant cavalier arriva en galopant. Il s'arrête pile devant la case.

Il attache son cheval à l'arbre de myrrhe, un cheval aux sabots sans fer, mais aux gourmettes d'or.

La maman est sur le pas de la porte. À côté d'elle Térébenthine.

Térébenthine avait mis sa robe blanche, raide amidonnée, et des « alpagates » (sortes d'espadrilles) rouges aux pieds.

On avait balayé le devant de la petite case.

L'homme s'approche, son chapeau à la main, par « honnêteté ». Il salue. Il ne voit pas Cécenne.

— Où est Cécenne ?

— Cécenne n'est pas là, elle a été voir sa marraine, répond la maman.

— Comment se fait-il que Cécenne ait été voir sa marraine, alors que je lui avais annoncé ma visite ?

— Cécenne est partie parce que c'est une mauvaise fille, une sauvage, une bonne à rien. Heureusement que Térébenthine est là, heureusement que j'ai Térébenthine pour me consoler.

Et Térébenthine fait des grâces. Elle tend la main au cavalier et lui offre de faire le tour de l'habitation.

Le cavalier s'exécute, contrarié, triste. Il donne de grands coups de cravache dans l'air. Il pense aux yeux de miel de Cécenne.

Térébenthine lui fait voir la plantation de bananes, les arbres à pain, les plants de vanille, les orangers et les fleurs de lys.

L'esprit absent, le cavalier est sans âme.

Il aperçoit cependant un perroquet « compère jakot ». Ce perroquet le suit de branche en branche, et tout d'un coup se met à crier :

« La pli belle en bas la baille ! la pli belle en bas la baille ! » (La plus belle est sous la cuve ! la plus belle est sous la cuve !)

— Que dit ce perroquet ? demanda-t-il à Térébenthine.

— Bêtises ! affirme la fille, ce perroquet est fou ! Va-t'en, jakot, va-t'en, jakot ! crie-t-elle.

Et elle lui lance une pierre.

Le perroquet se sauve et va se poser sur la baille. Et de plus belle il crie :

« La pli belle en bas la baille ! la pli belle en bas la baille ! »

L'homme entend, voit la baille, la soulève.

Et dessous est Cécenne, pieds nus, avec une robe couleur de muraille, en loques.

Elle sourit au cavalier. Il l'embrasse. Il la fait monter en croupe, cravache l'air, monte à cheval ; ils disparaissent au galop.

Le perroquet volait derrière.

XIII

PIMPRENELLE

DANS une misérable petite case, belle parce qu'elle était entourée de grands arbres et de fleurs, une pauvre maman était bien malade.

On avait tout fait pour essayer de la sauver. Tit Rose Congo l'avait frictionnée avec du suif chaud et du tafia. Elle lui avait posé des compresses de « feuilles en bas graines », fait boire de la poudre de cerf dans l'eau des carmes, mais le mal n'avait pas cédé.

Tit Rose Congo « pas vlé lan mô vini » (ne veut pas que la mort vienne).

Elle appela Symphorise à son aide.

Symphorise prépara un « bain démarré » pour la malade, avec toutes sortes de feuilles magiques. On la baigna, on récita la prière qui accompagne le bain. Mais le bain resta inefficace.

Que faire ?

Tit Rose Congo alla consulter le sorcier.

Le sorcier, devant une chapelle ornée de broderies,

de fleurs et de lumière, entra en transe et déclara que la malade souffrait d'un « mal voyé » (une maladie envoyée). Il était impossible de l'en délivrer, à moins de découvrir une plante disparue depuis longtemps : la pimprenelle, pour faire un philtre guérisseur.

Tit Rose Congo appela les enfants de la malade : Épiphanie et Clélie.

— Z'enfants, vous seuls pouvez sauver votre mère. Courez les bois, les chemins, la terre, le ciel, la mer, mais rapportez vite une branche de pimprenelle.

Épiphanie était un petit vaurien. Clélie était une gentille jeune fille aux longs cheveux couleur de mil.

Ils prirent la « partante » aussitôt : Épiphanie vers le nord, Clélie vers le sud, après s'être fixé un rendez-vous.

Épiphanie prit le chemin de la Trace, creusé au flanc de la montagne. Les arbres étendaient leurs branches comme des arcs de triomphe, les oiseaux chantaient, Épiphanie sifflait.

Il marcha longtemps et entra dans les bois. Tout en avançant, il chantait : « Agoulou, agoulou, bime bolo ! » afin de chasser les serpents.

Il marcha parmi les balisiers aux longues feuilles, parmi les bambous touffus, les fougères arborescentes, les lianes qui descendaient des arbres à la terre, qui montaient de la terre aux arbres dans un grand sentiment de fraternité.

Épiphanie enfonçait ses pieds dans l'humus, se heurtait aux racines, glissait, se rattrapait.

Il cherchait, il cherchait... Il ne trouvait rien !

Il aperçut au loin les pitons cendrés du Carbet. Derrière, était la ville de Saint-Pierre.

Il décida de monter à Saint-Pierre il faisait nuit.

Il regarda le volcan d'en bas. Le volcan dormait.

Et sur la montagne, il aperçut la lanterne du « père Labatt » qui courait, venait, se cachait, repartait. Le fantôme du père Labat hantait ces lieux. Ce n'était pas le moment de monter là-haut !

Quand il se réveilla le lendemain, la ville entière chantait. Les marchandes, leur « tray » sur la tête, criaient leur ritournelle :

« Boué coco ! boué coco ! » (buvez de l'eau de coco).

Les fontaines et l'eau qui coulait de chaque côté des rues faisaient glou, glou ; des pigeons sur la mer volaient.

Et bientôt les rues se remplirent de musique. C'était le carnaval. On l'entraîna.

Il dansait, il gesticulait avec la foule en délire.

Le Diable l'embaucha parmi ses diablotins.

Ah ! qu'il était beau, le Diable, avec son costume rouge, des gants rouges, une grande queue rouge, longue, longue... Sa tête ressemblait à celle d'un lion avec une crinière en peau de chèvre et des cornes de bouc et des tas de petites glaces autour...

Épiphanie tenait la queue du Diable, avec cinq autres diablotins. Le Diable chantait :

« Diab' là ka passé la riviè'... » (le Diable passe la rivière !)

Les diablotins répondaient en chœur :

— « Roïe, roïe, roïe, roïe, roïe. »

« Z' enfants, éti diab' là ? (Enfants, où est le Diable ?)

— « Diab' là derhô ». (Le Diable est dehors.)

Et le Diable partait à la recherche des petits enfants pas sages...

« Guiabl' la ka mandé an tit mamaille ! » (Le Diable demande un petit enfant !)

Les diablotins répondaient :

« Mangez viande, Laissez zos. » (Mangez la viande, laissez les os.)

Tous les enfants avaient peur et couraient se cacher en poussant des cris aigus. Épiphanie riait, ses dents dehors, les narines ouvertes, « com' canon fisil » (comme les canons d'un fusil).

Il en avait oublié sa maman ! Pendant ce temps...

Clélie avait passé le « trou aux chats », les Trois islets où naquit Joséphine de Beauharnais...

Elle aperçut une petite chapelle sous un cassier en fleurs. Elle s'agenouilla, pria.

Elle passa le moulin à vent du morne Pérou ; elle traversa des savanes jaunes comme ses cheveux, avec de grands arbres bleus.

Elle voyait de jolies choses, mais pas de pimprenelle.

Elle arriva sur une petite place tout ombragée de grands arbres : des « chapeaux l'évêque ».

Elle vit la vieille église aux persiennes d'acajou. Elle s'endormit au pied de la croix.

Et toujours pas de pimprenelle !

Le lendemain, elle continua sa route. Elle avait faim. Elle mangea des goyaves, des « pommes cannelle », suça de la canne à sucre.

Au « val d'or », elle se trouva devant une habitation. Devant la maison en pierre de taille, il y avait quatre beaux mapous, qui donnaient de l'ombre, un petit macaque attaché par une chaîne, un gros figuier de Barbarie, des tourterelles blanches et une tonnelle de lianes.

« Peut-être trouverai-je ici la pimprenelle ? »

Elle avança, le cœur tout plein d'émoi. S'il y avait un chien ?

Un vieux « béké » l'aperçut, l'accueillit, lui donna

un morceau de « paindoux », mais pas de pimprenelle.

Elle marcha encore toujours vers le sud. Elle alla jusqu'aux Salines. Elle regarda tous les arbres du bord de la mer et ce qui poussait le long de leur tronc.

Elle avança jusqu'à la savane des pétrifications. Ses pieds la brûlaient, l'air était en feu. Elle chercha parmi les pierres rouges, les pierres bleues, les pierres vertes. Elle trouva un nid pétrifié, avec son oiseau et ses œufs... Mais pas de pimprenelle.

Elle était désespérée. Des arbres étranges, tordus, tragiques l'entouraient. Elle eut peur, elle revint sur ses pas, vers le petit village de Sainte-Anne, paisible au pied de son calvaire fleuri de flamboyants.

Elle était lasse.

Elle rencontra une négresse qui faisait cuire ses « cocos nèg' » (marmites de terre) sur un grand feu de bois. Elle lui demanda la permission de s'asseoir et de dormir dans la case.

— Mais oui, iche moins, moins pas ni grand-chose, mais çà moins ni, c'est ta ou. (Mais oui, ma chère enfant, je n'ai pas grand-chose, mais ce que j'ai t'appartient.)

Elles parlèrent.

Une parole en amène une autre. La fillette raconta son odyssée.

— Tu as de la chance, mon enfant, de m'avoir rencontrée. Mais il faudra que tu fasses exactement ce que je te commanderai.

Demain soir, tu iras sur la plage toute baignée d'eau tiède et claire, là où pousse la « salade de mer », et tu regarderas l'horizon, à l'heure où le soleil se couche, derrière le rocher du Diamant. Tu réciteras la prière au soleil couchant en pensant à ta maman et tu auras ta pimprenelle, car c'est aujourd'hui le premier jour de pleine lune.

Le lendemain soir, Clélie était sur la plage.

Des nuages comme de la laine cardée zébraient le ciel, jaune et rouge. Clélie commença la prière au soleil couchant :

« Le jour est fini, mon Dieu. Il a passé comme l'ombre de la montagne et il reviendra. Ainsi s'écoule la vie. Il n'y a rien de stable sous le soleil... »

À ce moment, le soleil toucha la mer. Il envoya un rayon vert. Alors émergea de l'eau une femme si belle que Clélie en fut comme hypnotisée.

Et cette femme tenait à la main une branche de pimprenelle.

Clélie entra dans l'eau pour cueillir la pimprenelle. Aussitôt, la femme plongea.

Clélie avait vu une « maman d'l'eau » (sirène).

Clélie, pour ne pas se faire voler la pimprenelle, la cacha dans ses beaux cheveux couleur de mil.

Elle reprit sa route, cette fois le cœur rempli d'allégresse. Son frère l'attendait au rendez-vous.

Apprenant que sa sœur avait l'herbe, il l'étrangla et lui prit la pimprenelle. Il enterra Clélie sur place.

Lorsque Épiphanie revint chez sa mère, on s'inquiéta de l'absence de Clélie.

— Oh ! dit son frère, elle doit être à l'abri, sous une ajoupa.

La mère alerta les voisins.

On prit des torches de cachibou, des bois flambeau, et toute la nuit on chercha Clélie, au son des cornes de lambi.

Quelque temps après, le valet du Roy faisait de l'herbe dans une savane, lorsqu'il aperçut, un peu plus loin, une herbe merveilleuse.

Il se précipita dessus pour la couper.
Au premier coup de coutelas, une voix monta qui chantait :

« Ne coupez pas mes beaux cheveux,
C'est mon frère qui m'a mise là !
Pour une branche de pimprenelle,
Nattée dans mes cheveux,
Mes beaux cheveux couleur de mil. »

Aussitôt, le valet appela le plus proche voisin. C'était l'instituteur.
Et la voix chantait :

« Maît' d'écol', maît' d'écol',
Ne coupez pas mes beaux cheveux,
C'est mon frère qui m'a mise là,
Pour une branche de pimprenelle,
Nattée dans mes cheveux,
Mes beaux cheveux couleur de mil. »

Les gendarmes passaient :

« Gendarmes, gendarmes,
Ne coupez pas mes beaux cheveux,
C'est mon frère qui m'a mise là,
Pour une branche de pimprenelle,
Nattée dans mes cheveux,
Mes beaux cheveux couleur de mil. »

Monsieur le curé arriva :

« L'abbé, l'abbé,
Ne coupez pas mes beaux cheveux,
C'est mon frère qui m'a mise là,
Pour une branche de pimprenelle,
Nattée dans mes cheveux,
Mes beaux cheveux couleur de mil. »

Le Roy lui-même arriva :

« Roy, ô Roy,
Ne coupez pas mes beaux cheveux,
C'est mon frère qui m'a mise là,
Pour une branche de pimprenelle,
Nattée dans mes cheveux,
Mes beaux cheveux couleur de mil. »

Le Roy fit creuser la terre.

On découvrit Clélie, encore plus belle, avec ses longs cheveux couleur de mil.

Le Roy lui tendit la main. Elle se leva.

— Allons chercher l'assassin, dirent les gendarmes.

— Arrêtez, cria la douce Clélie. Mon frère sera valet du Roy.

Le Roy la prit dans ses bras.

Un beau carrosse les emporta au château.

On fit venir la maman, la vieille négresse qui faisait les « cocos nèg », Tit Rose Congo, et l'on donna un grand dîner à la fin duquel on lâcha les chiens sur tous les curieux qui étaient venus voir.

« Eh ! cric ! et crac !
Aboubou ! Dia ! »

XIV

L'OISEAU DE NUIT

UX Antilles, il existe des « gens gagés », des « zombis », des « volants », des « souclians ».

Les « gens gagés » sont ceux qui ont fait un pacte avec le Diable, qui se transforment en cheval à trois pattes, en bœuf, en cochon, qui vous barrent la route dans des cercueils debout, ou qui volent la nuit sur un bâton.

Les « zombis » sont des morts qui reviennent parfois sous l'apparence d'êtres vivants et qui jouent des tours que l'on ne peut arriver à expliquer.

Les « volants » sont ceux qui se transforment en oiseaux et les « souclians » en oiseaux phosphorescents. Et voici le conte, qui, m'assure-t-on, est arrivé.

Cela se passait dans des temps très anciens...

C'est l'histoire d'une petite fille qui habitait avec sa marraine. Aux Antilles, dans les familles, il y a beaucoup d'enfants. Et souvent, les marraines adoptent leurs filleules.

Tous les soirs, la marraine la couchait et doucement se levait, car elles partageaient le même lit.

La marraine se levait lorsqu'elle croyait sa filleule endormie, prenait une fiole, se frottait le corps du liquide qui y était contenu, disait des paroles magiques et prenait son envol.

Une nuit que la petite fille ne dormait pas, elle vit sa marraine se lever, se déshabiller, se frotter le corps. Mais elle n'entendit pas les paroles magiques et ne vit pas non plus que la marraine avait retiré sa peau comme on enlève une robe, et l'avait accrochée à un clou derrière la porte.

Sans doute, cela aurait-il effrayé la petite fille.

Elle vit seulement sa marraine s'envoler, toute noire, comme un grand oiseau : « bap ! bap ! bap ! » et elle eut tout de suite un désir : faire comme elle.

Elle se leva à son tour, se frotta également. Ne dit pas les paroles magiques.

Sa peau ne tomba pas, mais des plumes s'y collèrent. Elle devint « an bel tit z'oiseau » et s'envola par la fenêtre.

Elle volait silencieusement, pas comme sa marraine puisqu'elle n'avait pas prononcé les paroles magiques et les gens « gagés » ne la reconnaissaient pas comme une des leurs.

Elle vola, elle vola. Elle passa sur les maisons.

Par les persiennes entrouvertes, elle vit ses petites compagnes. Ses petites compagnes dormaient, leur ange gardien à leur côté. Elle vit les animaux. Ils étaient endormis, excepté les « cabritt » bois, les coqs, les chiens, les moustiques, les bêtes à feu et les chauves-souris.

Dans une case, un bouc noir sans corne veillait...

Les arbres dormaient, surtout les « marie honte » (sensitives), les tamariniers et les cassia-lata. Ils avaient fermé leurs feuilles. Et la mer aussi dormait.

La petite fille volait. Elle volait tellement que, n'en

ayant pas l'habitude, elle se sentit subitement très lasse.

Elle se posa sur une pierre de la rivière.

On la prenait pour un vrai oiseau.

« Jou ka ouvé » (le jour paraît).

Elle veut rentrer chez elle. Elle se remit à voler.

Pendant ce temps, la marraine est déjà revenue. Elle a décroché sa peau qu'aucun mauvais plaisant n'a retournée à l'envers ou pimentée à l'intérieur. Elle s'est remise au lit. Point de filleule. Elle l'appelle :

« Apolline, oh ! Apolline ! Oh ! »

Personne ne répond.

Peut-être a-t-elle été à la chasse aux crabes, avec un flambeau ?

Insouciante, la marraine se rendort. Bientôt elle est debout et allume le feu entre trois pierres devant sa case pour faire son café.

Elle aperçoit un oiseau qui vole autour d'elle.

Un bien grand oiseau ! Un bien curieux oiseau !

Elle le chasse : chou ! chou ! avec un bâton.

La petite fille ne sait pas ce qu'elle doit faire pour reprendre la forme humaine. Elle revient vers la case, se pose sur un calebassier proche.

La marraine prend une pierre et la lance vers l'oiseau qui n'a que le temps de prendre la fuite, car la marraine ne rate jamais son but : la petite fille le sait bien, puisqu'elles cueillent les mangues et les prunes parfois à coups de pierre.

Elle a faim. Comme ce n'est pas un véritable oiseau, elle ne peut becqueter.

Elle a soif. Elle pleure. Une larme tombe sur une vieille femme qui va aux cannes, faire la récolte.

« Çà çà yé ? La pli ka tombe ? » (Qu'est-ce que c'est ? La pluie tombe !)

Elle regarde le ciel, elle voit l'oiseau, elle a compris :

« Tit z'oiseau a ka fait pipi. »

L'oiseau fait de grands ronds. Il tourne, il tourne, désespéré. La vieille femme donne l'alarme.

En cinq minutes, tout le monde est là : les enfants, les vieux, les hommes, les femmes, et regarde d'en bas cet oiseau qui tourne.

Qu'est-ce que c'est que cet oiseau ?

Ce n'est pas un « mal fini », ce n'est pas « une frégate ». L'oiseau monte... l'oiseau descend... l'oiseau se pose sur un manguier.

Un vieux soldat de l'ancienne guerre, qui l'a faite à Château-Thierry, en « Fouance », toujours prêt à tirer du fusil, annonce :

« Moins ka voyé li la zott' » (je vais vous l'envoyer).

On se rassemble davantage, chacun dit son mot, tous les regards visent l'oiseau.

L'oiseau voit briller le fusil. Il prend peur. Il s'envole afin d'échapper, haut, très haut,... loin, très loin... Il arrive au-dessus d'une église.

Il se pose sur le clocher et voit la croix du Bon Dieu. Il fait un grand signe de croix.

Alors, il se sent descendre doucement, tout doucement. Quand il arrive en bas, ses plumes ont disparu. L'oiseau est redevenu une petite fille.

La petite fille n'a jamais recommencé. Elle n'a jamais rien raconté à sa marraine de tout cela. Mais souvent on l'entend qui lui demande :

— Marraine, « qui jou ou ka voyé moins en Fouance ? » (Marraine, quel jour tu m'envoies en France ?)

Car en France, il n'y a ni gens gagés, ni volants, ni souclians.

XV

YOU GLAN GLAN

LE Vendredi saint aux Antilles est un jour sacré, un jour de recueillement.

On ne voyage pas ce jour-là. Un jeûne absolu est recommandé. Tout le monde prie. Chacun s'habille en deuil. On va à l'église adorer la croix à trois heures de l'après-midi.

Les enfants sont dans les rues, faisant tourner les « raras » (coquilles d'œufs attachées par un crin de cheval, ou crécelles de bois).

Les cloches sont parties à Rome.

Il fait particulièrement chaud. La nature est triste, les bêtes muettes. Elles se cachent.

Un jour de Vendredi saint, un jeune homme (il avait nom You glan glan) se leva de bonne heure et prit son fusil.

« Iche moins chè, éti où ka allé com' ça ? » (Mon enfant cher, où t'en vas-tu ainsi ?)

— Je vais à la chasse.

« Iche moins chè, c'est maudit ou maudit ! li vendredi saint moune pas ka soti, moune pas ka tué, moune ka prié. » (Mon enfant, c'est le Diable qui te possède. Le Vendredi saint, les gens ne sortent pas, les gens ne tuent pas, les gens prient.)

You glan glan s'en alla en sifflotant.

Comme un damné.

La maman, pour ne pas l'être à son tour, quitta la case. Elle ne voulait pas être témoin d'un acte infernal. Elle ne voulait pas que son fils tue le gibier, encore moins le mange un jour de Vendredi saint, un jour de jeûne.

Elle prit son chapelet et courut se réfugier chez sa voisine.

You glan glan rentra dans le bois. Il y respirait une bonne odeur d'ylang ylang. Les moustiques minuscules — les yenyens — faisaient un nuage au-dessus du sol. Les maringouins volaient : zi, zi, zi. Il faisait lourd.

Des herbes de guinée coupaient les pieds nus de You glan glan.

Il avançait toujours. Pas une bête dans les bois. Elles étaient toutes cachées.

Enfin il finit par voir un oiseau sur un arbre. Un bel oiseau blanc.

« Quel est cet oiseau ? » se dit-il.

Il ne le connaissait pas. Il épaula, visa, tira.

Un grand oiseau tomba en poussant un cri humain.

Alors il alla le ramasser. Et l'oiseau se mit à chanter :

> « Collé ou collé moins, You glan glan !
> collé ou collé moins, You glan glan,

mi ou focolé, You glan glan,
mi ou focolé, You glan glan. »
(Tu m'as pris, You glan glan,
tu m'as pris, You glan glan,
te voici ensorcelé, You glan glan,
te voici ensorcelé, You glan glan.)

Pour le faire taire, le chasseur lui écrasa la tête d'un coup de talon, et la tapa sauvagement sur une pierre.

Cela fait, il le prit « tout brandi », le brandit, et l'enferma dans un sac qu'il coulissa.

Il retourna chez sa mère, où il trouva la case vide. Il alluma le feu, pluma le gibier, le vida, l'assaisonna, et mit à l'oiseau à la broche.

Alors l'oiseau se mit à chanter :

« Touné, touné, You glan glan,
touné, touné, You glan glan,
ou focolé, You glan glan,
ou focolé, You glan glan. »
(Tournez, tournez, You glan glan,
tournez, tournez, You glan glan,
tu es ensorcelé, You glan glan,
tu es ensorcelé, You glan glan.)

Et You glan glan tournait la broche... L'oiseau était cuit à point.

L'oiseau chantait encore :

« Valé, valé, moins, You glan glan,
valé, valé, moins, You glan glan,
ou focolé, You glan glan,
ou focolé, You glan glan. »
(Avale-moi, You glan glan,
avale-moi, You glan glan,
tu es ensorcelé, You glan glan,
tu es ensorcelé, You glan glan.)

You glan glan commençait à se sentir impressionné.

— Tu finiras bien par te taire, sacré animal, lorsque je t'aurai mangé !

Et You glan glan mangea l'oiseau !

Alors une voix sortit de sa poitrine :

« Lévé, lévé, You glan glan,
lévé, lévé, You glan glan,
allé l'église, You glan glan,
allé l'église, You glan glan. »
(Lève-toi, lève-toi, You glan glan,
lève-toi, lève-toi, You glan glan,
va à l'église, You glan glan,
va à l'église, You glan glan.)

Une force invisible le commandait. Il alla se confesser.

Et la voix reprit :

« Allé cimitiè, You glan glan,
allé cimitiè, You glan glan,
fosse ou paré, You glan glan,
fosse ou paré, You glan glan. »
(Va au cimetière, You glan glan,
va au cimetière, You glan glan,
ta fosse est creusée, You glan glan,
ta fosse est creusée, You glan glan.)

Il obéit...

Et You glan glan entra dans la fosse ouverte.

Il y rendit le dernier soupir.

Alors un grand oiseau blanc sortit de la tombe. C'était la Sainte Vierge, qui avait pris la forme d'un oiseau pour châtier You glan glan.

XVI

SCHOLASTINE

NE belle dame, Scholastine, vivait avec son mari et sa bonne sur une propriété. Elle vivait dans une maison de maître avec une véranda autour. Elle avait un salon avec un piano, un beau jardin de fleurs et une petite poule frisée pour chasser les « zombis ». Son armoire sentait la vanille et le vétiver.

La bonne était bien dévouée. Elle restait dans une petite case contiguë à la cuisine.

Elle aimait beaucoup sa maîtresse, lui grattait la plante des pieds, les après-midi, à l'heure de la sieste, l'éventait avec une feuille de latanier et lui chantait des berceuses.

Tous les matins, elle lui apportait au lit, avant le jour, et selon la coutume, un « doudou corrossol » (fruit sucré), une noix de coco à la cuillère, en même temps que du café noir dans une tasse datant du premier Empire. Elle mettait tout cela sur un plateau en bois des isles paré de broderies empesées, et tendait le plateau à sa maîtresse, des deux mains, à genoux. Elle attendait pour se remettre debout que « Madame » ait fini de consommer.

Scholastine n'était pas pressée : elle racontait tous ses rêves de la nuit et buvait son café à toutes petites gorgées.

Le maître de céans, « Monsieur », n'était pas souvent là. Il travaillait sur la propriété. Il partait tous les matins, au « pipiri » (premier chant d'oiseau), sur un petit cheval non ferré.

Tous les midis, la servante lui apportait son déjeuner dans un « tray » posé sur sa tête.

Il revenait chaque soir auprès de sa femme, dans sa case.

Quelle belle propriété il avait ! il y poussait de tout : vanille, café, grands orangers, dont les fruits mûrissent tout en gardant l'écorce verte, des légumes doux et forts, et des pommes d'amour, et des pommes roses. Et surtout de la canne à sucre, du pétun et de l'indigo.

Cependant la servante ne voyait jamais aucun ouvrier sur la propriété.

Monsieur ne pouvait pas cependant faire le travail tout seul ! C'était, il est vrai, un homme extraordinaire. Mais la servante connaissait le travail de la terre : le travail de la terre est dur, le travail de la terre demande de la main-d'œuvre.

La servante pensait, se taisait ou parlait toute seule. Un jour qu'elle avait été porter son déjeuner à « Monsieur », elle s'aperçut qu'elle ne marchait pas sur son ombre. Elle regarda le soleil :

« i pas té an mitan ciel là » (il n'était pas au milieu du ciel).

Elle était en avance. Alors, elle déchargea son tray, à proximité du champ où travaillait « Monsieur », s'assit à l'ombre d'un manguier, attendant que le soleil soit « en mitan ciel là ».

Et elle regardait au loin, dans le champ.

Ah ! et que vit-elle ?

« Que le tonnerre du dieu m'écrase si je mens ! » Elle vit « Monsieur » debout au milieu du champ et qui se tapotait le ventre. Le vent amena les paroles : il chantait !

« Gi go ton, ton, ton,
coin, coin, coin,
ça qui lé rentré, rentré,
ça qui lé sôto, sôti ! »
(Gigoton, ton, ton,
gigoton ton ton,
ceux qui veulent sortir, qu'ils sortent,
ceux qui veulent rester, qu'ils restent.)

Et des petits cochons sortirent de son ventre et se mirent à labourer la terre, à fouiller la terre. Ils travaillaient au rythme de la chanson.

La bonne tremblait comme une feuille ; elle en était devenue toute grise.

« Monsieur gagé ! Monsieur gagé ! » (Monsieur est ensorcelé, monsieur est ensorcelé !)

Elle remit le tray sur sa tête. Le soleil était enfin « an mitan ciel lè ».

Elle arriva auprès de Monsieur comme si de rien n'était. Tout était redevenu normal.

— Bonjou, missié !

— Bonjou, ma fill' !

— Ma fill' çà ou ouè ? (Ma fille, qu'avez-vous vu ?)

— Ayen, missié. (Rien, monsieur.)

Et Monsieur s'assit, prit son punch, mangea et but, vida les plats et rit, content. Il avait mangé pour les sept petits cochons !

Quand la servante fut de retour, elle vit Madame qui se berçait dans la « dodine » (rocking-chair). Son petit pied touchait le carrelage en cadence. Un vent frais la caressait.

Madame est une sainte femme.

Alors la bonne n'y tint plus :

— Madame, Madame, je vais vous le dire, pardon, Madame, mais Monsieur est un « gens gagé ».

Et elle raconta ce qu'elle avait vu.

Madame se fâcha :

— Ou fol' ma fi ! (Vous êtes folle, ma fille !)

Madame était tellement fâchée qu'elle donna congé à sa bonne.

— Non, non, Madame, je ne partirai pas, je ne laisserai pas Madame seule avec un « gens gagé ».

Quelques jours après, la bonne se cacha aux abords du champ.

Cette fois, elle ne vit pas Monsieur, mais à sa place un gros « papa cochon » tout noir ! Autour de lui sept petits cochons, noirs aussi, labouraient la terre.

Sur le coup de midi, les cochonnets réintégrèrent le ventre du « papa cochon » et lui-même reprit sa forme humaine.

Quand la bonne rentra chez sa maîtresse, elle lui raconta ce qu'elle avait vu, affirmant que Monsieur n'était pas un homme, mais un « gros papa cochon ».

— Ma fille, pour vous confondre, Monsieur restera à déjeuner ici, avec moi, demain.

Monsieur y consentit, mais exigea d'être servi à onze heures.

Le lendemain, Madame apporta le punch traditionnel et était tellement contente d'avoir son mari qu'elle bavarda comme un perroquet.

— Je suis pressé, dit Monsieur. La bonne, servez !

Quel menu ! Soupe de tortue, crabes farcis, gigot de pré-salé et tous les desserts.

Monsieur voudrait bien quitter la table, car l'heure tourne, mais Monsieur est gourmand.

La bonne ralentit le service, surveillant Monsieur à la dérobée.

Monsieur s'agite sur sa chaise. Il a entamé une glace à l'ananas ; il ne peut décemment partir. Monsieur tapote sur son ventre. Il murmure :

« C'est poquô l'heu ! c'est poquô l'heu ! » (Ce n'est pas encore l'heure, ce n'est pas encore l'heure !)

— Tu as le temps, chéri, répond Madame, les cannes peuvent attendre, pour une fois que tu es avec moi. Et puis, tu n'es pas à la chaîne !

Mais les petits cochons ne l'entendent pas ainsi. Ils sortent du ventre de Monsieur.

Et Monsieur se change en un gros cochon noir.

« A moué ! » fait la servante.

« Jési Maïa ! » dit Madame.

Le gros cochon se jette sur la servante, sur Madame et les dévore.

« Pas rété même an tit z'os. » (Ne resta pas même un os.)

On n'a jamais revu Monsieur.

La propriété est en friche, vide, délaissée. Les petits oiseaux la fuient. Elle est remplie de serpents. Quelquefois, en passant devant, on entend un troupeau de cochons sauvages qui grognent, crient, pleurent.

On écoute. On prend la fuite...

XVII

CÉTOUTE

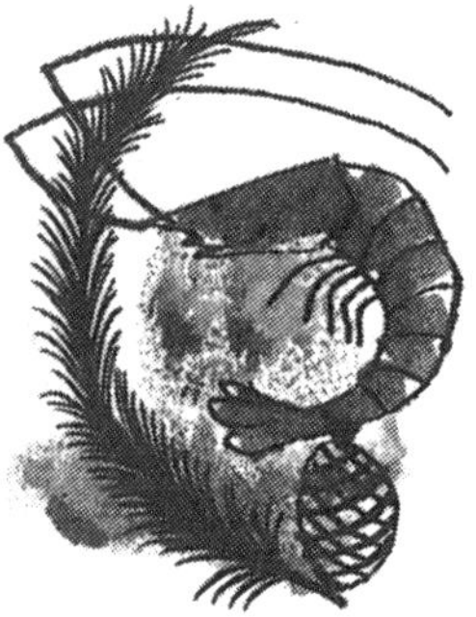

CÉTOUTE (c'est tout) était le dernier-né d'une famille de treize enfants, ce qui lui valut son nom. La maman était si pauvre que, n'ayant pas de layette, elle enveloppa l'enfant dans des feuilles de balisier.

— Tit Jésus naquit dans la paille, lui dit Monsieur le curé en ondoyant l'enfant.

Et la mère ajouta :

— Li royaume di dieu sera aux pauvres. Puis elle accrocha au cou du bébé un scapulaire dans lequel elle avait glissé un talisman :

« Epi ça, guiab' meime pas ka faraud. Ou ké batt Satan ! » (Avec ça, le diable lui-même ne sera pas fier devant toi, tu battras Satan en personne !)

La Marraine, une dame riche, une dame patronnesse, demanda l'enfant. Elle avait ainsi beaucoup de filleuls par esprit de charité, disait-elle.

Ils vivaient tous sur une habitation à trois pitons, deux savanes, et qui plongeait à l'est dans la mer.

De temps en temps, la marraine les quittait. Elle allait à l'« ilet » rendre visite à son mari. Et chaque fois elle emmenait l'enfant, pour qu'il apprît à travailler.

Cétoute n'avait jamais revu aucun de ses petits compagnons revenir de l'ilet.

La marraine avait soin qu'ils fussent toujours très bien nourris. Ils vivaient librement, grimpaient aux arbres, cueillaient les noix de coco, les oranges, tous les fruits. Chaque matin, ils passaient la rivière à gué pour se rendre dans la savane et traire les vaches. Une heure après, on leur servait dans la galerie du chocolat brûlant parfumé de cannelle.

On tuait souvent le cabri, et toujours le cochon à Noël.

Les enfants partaient fouiller les choux caraïbes, les ignames, faisaient tomber du haut des branches de gros fruits à pain, et en remplissaient de larges paniers ronds.

On faisait cuire tout cela à l'eau, et on le mangeait à la sauce pimentade, avec de la viande salée, ou de la morue, ou du poisson. Ils partaient à la pêche, relevaient les nasses remplies de poisson. Ils plongeaient et ramenaient des langoustes, des oursins.

Cétoute fit ainsi la connaissance d'un bébé requin. Ils devinrent de grands amis. Ils faisaient ensemble des parties de nage, et le requin lui apprenait les courants.

Malgré cette liberté, Cétoute n'était pas heureux. Il n'aimait pas sa marraine. Il n'avait jamais envie de l'embrasser. Et même, elle lui inspirait de la répulsion. Il ne se sentait à l'aise que lorsqu'elle était partie au loin. Cependant, elle lui donnait à boire, à manger, à dormir. Il ne comprenait pas.

Un jour qu'elle avait été à l'ilet, elle en rapporta un de ces « matétés crabes » (fricassées de crabes) qui faisaient les délices de Cétoute.

Justement, on lui avait servi un « mordant » (une pince). Ça sentait le piment et avait cet indéfinissable goût sucré et salé à la fois, qui fait que l'on n'est jamais rassasié.

Cétoute suçait le « mordant », reniflant le piment, lorsqu'il s'aperçut que son « mordant » était étrange. Il regarda : horreur ! C'était un doigt d'enfant !

Il a compris : Marraine, c'est la Guiablesse. Les enfants qu'elle mène à l'ilet, elle les tue et elle les mange.

Il prit le petit doigt, il alla l'enterrer dans le sable, et posa dessus une belle corne de lambi rose et une petite croix en bois de coco.

Alors, une voix sortit de terre et chanta :

> « Compè Cétoute, mèci, mèci,
> Moins cé compè Joseph !
> Marraine épi vieux guiab' là
> Ka tué nous pou mangé nous. »
> (Compère Cétoute, merci, merci,
> Je suis compère Joseph ;
> marraine et le vieux Diable
> nous tuent pour nous manger.)

Maintenant, Cétoute avait son plan. Il en parla au requin. Ils décidèrent d'aller à l'ilet. Mais auparavant, il épia sa marraine.

Un matin, Cétoute se cacha près de l'anse aux palétuviers où sa marraine garait son canot.

Cétoute redoutait ce coin, les bêtes aussi. Jamais un oiseau n'y volait. Les chiens fuyaient.

La marraine arriva. Elle portait une grande robe blanche et sa tête était attachée d'un madras blanc, le vrai costume de la Guiablesse. Elle riait et ses dents paraissaient féroces. Quand elle se déchaussa, Cétoute vit qu'elle avait un pied de bouc. Elle poussa toute seule le canot à la mer, sauta dedans, prit un fouet posé sur une banquette, et fouetta le canot comme un cheval, en criant :

« Taiaut ! Kiliglé !
Taiaut ! Kiliglé ! hie ! »

Et le canot bondit, debout, sur les vagues.
Et elle aussi, debout, cinglait toujours :

« Taiaut ! hie ! Kiliglé !»

Cétoute plongea derrière, à cheval sur le requin, ne laissant dépasser que sa tête rasée au verre de bouteille ; il suivit la marraine jusqu'aux abords de l'ilet.

Il la vit arriver à l'anse, jeter le fouet à un dragon vert, et partir d'un grand éclat de rire. Alors, accourut au-devant d'elle un géant noir, qui fumait une pipe.

Au fond du canot était un sac et, dans ce sac, ligoté pour être mangé, un des filleuls de la marraine.

Lorsque la marraine revint, elle s'endormit et tout le monde savait qu'elle dormait d'un sommeil de plomb après ces jours de sabbat.

Cétoute en profita pour réveiller tous ses petits camarades endormis :

— Z'enfants ! duboutt ! lévez !

Tous quittèrent la maison, Cétoute avec le fusil dont se servait la Guiablesse pour éloigner le tonnerre.

Il les mena près des palétuviers, où le requin attendait.

Cétoute embarqua ses camarades, mit son fusil à l'abri sous une banquette, le fusil avec lequel il pensait tuer le dragon et le Diable ; il saisit le fouet et cinglant de toutes ses forces il cria :

« Taiaut, Kiliglé, taiaut ! hie ! »

Le requin, devant, ouvrait la route. La lune brillait de tout son éclat.

Bientôt ils aperçurent l'ilet avec ses falaises noires, à pic ; ses rochers en forme de monstres, et la plage bordée de cocotiers ; tout cela net, comme découpé.

Sur l'ilet, se détachait une silhouette qui allait et venait, intriguée. C'était le mari de la Guiablesse : le géant noir. Pour mieux voir, il grimpa sur la falaise. Son pied glissa. Il s'écroula d'une hauteur de 100 yards et s'écrasa contre les rochers.

Pendant ce temps, la marraine, prévenue par des ondes mystérieuses, se réveilla. Elle constata la disparition des enfants.

Elle courut à la plage : son canot aussi avait disparu.

Elle poussa un cri de rage, l'air frémit. Elle se précipita sur le canot des enfants et mit les voiles. Elle était tellement en colère qu'elle ne pensa pas aux brisants. Juste, devant l'ilet, la barque se fendit en deux.

La Guiablesse plongea.

Depuis, un gouffre bouillonne à cet endroit. Et le géant, transformé en statue de pierre, est condamné à l'entendre gémir éternellement.

Restait le dragon vert.

À sa place était un beau jeune homme que la mort de la Guiablesse avait délivré. Il accueillit les enfants.

Ceux-ci revinrent chercher leurs parents.

Ils s'installèrent dans l'île, y construisirent des cases, une église, une école, des rhumeries.

On réserva pour le requin un bassin sur la côte. Il vient s'y reposer de ses longs voyages et rapporte des nouvelles.

Grâce à lui, on apprit qu'il y avait des malades abandonnés de tous parce qu'ils étaient recouverts de plaies.

Les habitants furent d'accord pour les soulager. On leur donna un coin de l'île. Depuis ils y vivent en paix, au lieu-dit le « coin des lépreux », et cette île, vous la connaissez, c'est la DÉSIRADE.

XVIII

BEC EN HAUT ET BEC EN BAS

EPUIS quelque temps, sur l'habitation du Roy, l'eau n'arrive plus. Les conduites d'eau sont sèches.

Les bassins du Roy sont vides, les deux immenses bassins qui sont devant sa maison, et si profonds qu'ils paraissent bleus. On les voit aujourd'hui briller tout roses, comme du corail.

Les fourmis folles y courent sans arrêt : « yo ka joué zouèles » (elles jouent à touche-touche).

Tout le monde est triste sur l'habitation, tout, même les fleurs, même le petit macaque au bout de sa longue chaîne scellée au mapou (arbre plein d'ombrage).

« Missié li Roy » a fait appeler le « Commandeur » (le chef de l'habitation). Le « Commandeur » a regardé ; il a cherché, il n'a pas trouvé.

Le Roy a mandé son ami, un grand ami, qui savait bien des choses. L'ami a examiné le bambou... Il a trouvé que c'était du bambou, sans fissure. Il a frappé dessus, y a posé l'oreille, a écouté. Il a dit : « moins pas save » (je ne sais pas). Alors ils rentrèrent à la maison, dans la galerie. Le Roy cria :

— Uranie ! donnez un petit feu et du meilleur ! (Uranie, donnez un petit punch ! et du meilleur rhum !)

On les servit comme il se doit, sur un napperon brodé, blanc, bien empesé, avec un petit citron vert ; on leur apporta du très vieux rhum, doré comme le soleil...

Ils burent. Ils ne parlaient pas. Ils dégustaient. Ils sentaient la chaleur du rhum « ba yo doucine dans l'estomac » (leur caresser l'estomac). La chaleur monta doucement à la tête.

— Écoutez bien, mon cher, dit l'ami, je ne vois qu'une solution, c'est de corner demain matin la « cône lambi ».

Le lendemain sur l'habitation on commença à souffler dans les conques de lambi roses. On entendit les échos du son de morne en morne.

On y répondit de partout : du Morne des Esses, du Morne d'Oranges, du Morne Folie, du Parnasse... jusque du Val d'Or !

Tous les « nèg' z' habitants », jeunes, vieux, sortirent de leur case. Ils abandonnèrent leur travail. Tous ils se mirent en marche, pieds nus, porteurs d'offrandes.

Le Roy était sur le pas de la porte, son beau chapeau panama enfoncé jusqu'aux yeux. Il reçut les arrivants.

— Amis, regardez la gouttière ! Regardez ce bambou ! Il est sec comme si le Diable lui-même l'avait vidé. L'eau ne coule plus !

Tous regardaient. La gouttière brillait comme topaze au soleil.

Alors tous ces gens commencèrent leurs recherches. Ils regardèrent le bambou en haut, en bas, à droite, à gauche.

Tit Jo qui n'était pas capon, grimpa haut, très haut, très loin jusqu'à la source.

Il n'avait peur ni des « zombis », ni du Diable, parce qu'il était né coiffé. Il n'avait peur ni des serpents, ni des « matoutous falaises » (grosses araignées venimeuses). Il n'avait peur de rien !

Il sauta les ravines, enjamba les racines, s'accrocha aux lianes, passa sous les bambous, les fougères et les « bois rivières ». Il suivait la gouttière !

Il cherchait, il cherchait !

Il ne trouva rien ! Il tapa sur le bambou, il écouta. Cela fit : hou ! hou !... Le bruit montait, se prolongeait, le bambou gémissait : il se plaignait.

Et la source était claire !

« Yoh ! yoh ! bambou a gagé ! ouaïe ! » (oh ! oh ! ce bambou est possédé du Diable !).

Missié li Roy n'était pas plus avancé. Alors sa vieille « da » (sa nourrice), une très vieille Africaine d'Angola, fit venir « chouval bon dié ».

« Chouval bon dié » parce qu'il ressemble à une branche de bois sec, qu'il peut se camoufler, et surtout parce qu'il court avec ses longues pattes aussi vite que le vent.

« Chouval Bon Dié, aille chèché, socié Macouba, yo sèls pé sauvé nous » (cheval du Bon Dieu, va chercher les sorciers du Macouba, eux seuls pourront nous sauver).

Les sorciers arrivèrent. C'étaient des Indiens. Il y en avait deux. L'un était nu, avec le corps tout bariolé de roucou. Il portait une grande barbe blanche et avait sur la tête un chapeau de bois sculpté.

L'autre tenait les fétiches. Il était à cheval. Il portait un turban, un grand masque et une jupe courte faite de lanières de cuir de toutes les couleurs, au bout desquelles pendaient des clochettes d'argent.

Ils attachèrent le cheval à une touffe de « paras » (hautes herbes coupantes) et allèrent sous le grand catalpa de la cour.

Le Roy était présent et tous les gens autour de lui.

Les sorciers commencèrent à allumer du feu avec toutes sortes de bois parfumé, du gaïac, du santal, de l'acajou, des canneliers et de l'ébène verte. Ils y ajoutèrent de la bouse de vache. Les flammes jaillirent.

Alors, ils entrèrent dans le feu. Ils criaient, ils dansaient, ils chantaient. Ils prirent leurs coutelas. Les coutelas volaient en l'air. Les coutelas brillaient bleus. Les sorciers s'en frappaient la poitrine. Mais les coutelas ne les coupaient pas.

Ils mirent des braises dans leur bouche. Le feu ne les brûlait pas.

Quand ils eurent bien dansé, bien joué du coutelas, le feu s'éteignit. Ils se frottèrent le front, la poitrine, les épaules, des cendres sacrées, pour se purifier. On versa sur eux de l'eau lustrale. Ils tuèrent un cabri, ils en burent le sang tout chaud. On les parfuma d'encens.

La lune se leva, splendide, à travers un amas de gros nuages gris. Ils tombèrent à genoux, levèrent les bras, agitèrent les mains et crièrent une incantation d'une voix sourde, nostalgique. Puis ils embrassèrent la terre.

Tout le monde regardait, écoutait, immobile.

Une Indienne, jeune et belle, des bracelets aux bras, aux chevilles, tendit à la lune un bouquet de jasmins. Chacun de ses gestes était une grâce, un appel, une offrande.

Alors, les sorciers entrèrent en transe.

Ils dansèrent sur le tranchant des coutelas.

Un gros nuage couvrit la lune.

Et le Chef indien parla :

— Roy, donne ta main. Le malheur n'est pas sur toi. Grâce à ta fille tu seras sauvé. Promets ta fille à qui fera couler l'eau.

Le Roy promit donc sa fille à qui trouverait le moyen de ramener l'eau à l'habitation.

La fille du Roy était aussi belle que le soleil, avec une peau couleur matin, de ce matin doré des Antilles. Elle s'appelait Aurore.

Tous les hommes auraient voulu épouser Aurore, surtout Aspirin, un jeune nègre, beau comme un dieu d'ébène, avec une tête moutonnante et « un large rire qui le secouait des cheveux aux orteils ».

Un matin « qu'u i ti ni la mache en bas pieds li » (qu'il avait la marche sous les pieds), il partit. Il se mit à grimper le morne. Il marcha toute la journée. Il affronta les lépini, dont les épines vous transpercent comme autant de glaives, et la « fausse monnaie » infranchissable.

Enfin il arriva en haut du morne, juste un peu avant l'heure où les merles font leur prière du soir.

Il s'assit sous un manguier. Sur la branche d'en haut, il y avait « bec en haut » : un vieux merle. Sur la branche d'en bas, il y avait « bec en bas » un jeune merle. Aspirin comprenait « le langage des eaux, des arbres, du vent, du feu, des oiseaux ».

Comme tous les soirs, les oiseaux disaient les nouvelles du jour.

— Alors, mon cher « bec en haut », quelles nouvelles aujourd'hui ?

— Mon cher « bec en bas », je ne sais rien, car je ne suis pas descendu parmi les hommes. Je suis vieux, j'aime mieux le soleil, les nuages, tout ce qui est pur et sent bon. Mais toi, que rapportes-tu d'en bas ?

— La consternation ! mon cher « bec en haut ». J'ai survolé « Brin d'Amour », l'habitation du Roy. Ses bassins sont secs. L'eau ne coule plus chez lui. Il est désolé. Sa figure se plisse comme « crêpe Georgette ». Il a promis sa fille à qui ramènerait l'eau sur l'habitation.

— Eh ! bien, c'est dommage ! cher « bec en bas », que je ne sois pas un garçon, car je sais, moi, pourquoi l'eau ne coule pas. Un gros fruit à pain bouche l'entrée de la gouttière et il est placé de telle sorte que les hommes ne le verront jamais.

Aspirin tenait le secret. Il dégringola le morne et courut chez le Roy...

Le lendemain, l'eau coulait dans les bassins du Roy. Les colibris dansaient au-dessus de bassins bleus. Les fourmis folles furent noyées.

Et Aspirin épousa Aurore !

XIX

HISTOIRE DE POISSON LA LUNE

ANS les temps anciens, le soleil était marié à la lune. Et la lune, comme une belle médaille, accrochée au ciel, brillait jour et nuit.

Mais elle s'ennuyait. Et, un soir, il lui prit fantaisie d'aller faire un tour sur la terre.

Elle se laissa choir : bime ! et se mit à rouler comme un cerceau jusqu'à la plage. Elle regarda la mer... La mer était lisse. La mer ressemblait à une grande tôle de zinc. De temps en temps, cependant, de petites vagues venaient rouler au pied des cocotiers. La lune se mit à jouer avec elles. Elle sautait, elle sautait ! Puis, floupe ! elle entra dans la mer.

Et la lune marcha sur l'eau. Elle courait sur les vagues, elle se faufilait dans les petites anses ; elle allait, venait, repartait ; elle dansait ! Elle joua ainsi toute la nuit. Et, au matin, rentra sous l'eau.

L'eau était claire, l'eau était tiède. Des poissons de toutes couleurs, de toutes formes évoluaient sans bruit. Une clarté rose baignait le fond de l'eau. Elle vit des arbres de corail, des étoiles de mer, des éponges, des poissons sans yeux. Elle vit une tortue toute blanche. Sa carapace était d'argent incrustée d'or et de gemmes.

Les poissons étaient étonnés.

Mais bientôt, sur la terre, les gens le furent davantage. Où est passée la lune ?

Le « tambou bel ai » s'était tu. Chacun se cachait dans sa case :

« Yo té pè zombis. » (Ils avaient peur du Diable.)

Pendant ce temps, le Bon Dieu veillait. Le Bon Dieu est quelqu'un de patient. Mais au bout de huit jours, il se fâcha. Il donna l'ordre à la lune de remonter. Elle désobéit !

— Prenez-moi la lune ! commanda le Bon Dieu à tous les habitants de la terre, de la mer et des airs. Elle est dans la mer des Caraïbes, ajouta-t-il.

Comme d'habitude, le soir venu, la lune monta sur l'eau pour danser.

Aussitôt les étoiles au-dessus d'elle descendirent un peu plus bas à travers un nuage de dentelle, et toutes les bêtes à feu des Antilles l'entourèrent.

Mais la lune, tellement joyeuse, pense que les bêtes à feu sont venues faire un quadrille avec elle.

Elle est vite repérée ! les pêcheurs se précipitent sur leurs embarcations. Les cornes de lambi roucoulent pour sonner l'appel. Pirogues, gommiers, radeaux, youyous, canots à voiles, à rames, tartanes rapides, yoles à la godille sont réunis sur l'eau. Ils avancent à la lueur des torches de « bois flambeau ».

Ils approchent de la lune... Et brusquement entonnent en chœur :

« Barrez, barrez ! la lune, oh ! oh ! oh !
barrez, barrez, la lune, oh ! oh ! oh ! »

Et le chant se prolonge dans l'écho des mornes environnants...

La lune sent le danger. Elle veut s'enfoncer sous l'eau. Mais, « bec mère », la mère balaou, la déchire de son long bec en dents de scie, poisson « coffre » la repousse comme un bouclier, les oursins lui enfoncent leurs piquants et les lâchent dans le pauvre corps meurtri de la lune.

En dessous, les congres, les anguilles, les serpents de mer, liés ensemble, forment un réseau infranchissable.

La lune sur l'eau vacille... Et toujours ces chants :

« Barrez, barrez ! la lune, là, oh ! oh ! oh !
barrez, barrez, la lune là, oh ! oh ! oh ! »

Les pêcheurs sont là, beaux comme des dieux, leurs flambeaux à la main. Ils cueillent la lune. Elle est prisonnière.

Ils la rapportent au Bon Dieu.

Le Bon Dieu lui dit :

— Ma fille, toute faute mérite châtiment. Je t'avais accrochée en l'air, immobile ; je t'avais dit : Ne bouge pas et sois belle. Tu m'as désobéi !

« Tu étais une jolie demoiselle, ronde comme un pamplemousse, et te voilà ébréchée.

Le Bon Dieu la prit dans ses mains. Il lui donna sa forme première, mais elle était plus petite.

— Tant pis pour toi, lui dit le Bon Dieu. Tu resteras ainsi. Je te raccroche au ciel, mais puisque tu es si capricieuse, tu changeras de quartiers tous les mois.

Tu regarderas la terre de face, de profil, de trois quarts.

« Pour ta punition, je te sépare de ton mari, le soleil. Quand il se lèvera, tu te coucheras. Quand il se couchera, tu te lèveras.

« Tu ne le verras jamais plus, petite vagabonde. Et vous n'aurez jamais d'enfants. Aussi, je lui donne la vie éternelle.

Le Bon Dieu prit ensuite tous les bouts de lune perdus dans la mer. Il en fit de la poussière et la lança sur les flots. C'est depuis ce jour-là que la mer des Caraïbes est phosphorescente.

Puis le Bon Dieu prit de l'argile. Il la pétrit, il la roula, il l'aplatit. Il en fit une lune ronde, jaune, dorée ; il lui mit deux yeux, une bouche, deux nageoires, une petite queue. Il souffla dessus et dit :

— Tu seras la lune des eaux et tu auras beaucoup d'enfants.

Depuis ce jour, la lune nage dans la mer des Antilles, en compagnie des courlirous, de l'ange Gabriel, des poissons volants et de beaucoup d'autres.

Et l'on entend à la criée vendre le poisson en chantant :

> « Vole, vole, volant !
> couli, couli coulirou !
> mi l'ange Gabriel, la pleine lune !
> la lune derrhô ! »
> (Voici le poisson volant,
> les courlirous,
> le poisson ange Gabriel,
> le poisson la lune,
> la pleine lune est dehors !)

Et le Bon Dieu rit... Il est content de voir qu'il y a à manger pour tout le monde.

XX

POURQUOI LE CHIEN NE PARLE PAS

N ce temps-là, le Bon Dieu descendait souvent sur la terre. Il venait rendre visite à la Sainte Vierge qui y demeurait alors. Il en profitait pour faire « incognito » un petit tour parmi les habitants. On ne le reconnaissait pas, car il ressemblait aux autres Blancs de l'île.

Il s'habillait, lui aussi, de toile raide amidonnée, portait un casque ou un panama relevé derrière. Il allait même — pour donner le change — jusqu'à porter un « bâton macaque ». Les vieux Blancs de l'île avaient tous à la main un « bâton macaque », un bâton qui parlait. Quand ils voulaient savoir quelque chose, ils approchaient le bâton de leur oreille, ils posaient la question, le bâton répondait. C'est dire s'ils étaient puissants, comparativement aux pauvres nègres qui n'en avaient pas.

Le Bon Dieu se promenait toujours avec son chien, qui était son meilleur ami.

Les chiens alors parlaient.

Un jour que le Bon Dieu se promenait au bord de la mer, près de l'anse où sont allongés les gommiers pour la pêche, derrière le cimetière du Marin de la Martinique, il vit un homme en train d'abattre un arbre.

Cet arbre était un vieux fromager, dont le tronc tourmenté avait au moins dix mètres de tour. Ce fromager géant étendait ses branches sur le cimetière avec une force prodigieuse et prenait son envolée comme pour toucher le ciel.

Le Bon Dieu contempla ce qu'il avait créé et resta émerveillé. « Cet homme est courageux, pensa le Bon Dieu, car il n'a pas peur de s'attaquer à un fromager qui a bien cent ans. Et ce n'est pas un poltron ! »

Tout le monde sait que le fromager est le lieu de rendez-vous de tous les gens « gagés » qui, transformés d'hommes en bêtes, viennent y faire le sabbat !

« Oui, pensa le Bon Dieu, cet homme n'est pas poltron. »

Et, tout souriant, il passa devant l'homme, son petit chien devant.

— Bonjour, mon ami, dit le Bon Dieu, quand penses-tu finir ton ouvrage ? Cet arbre est colossal !

— Demain, répondit l'homme sans ajouter un mot.

Quelques jours après, le Bon Dieu recommença la même promenade, toujours avec son chien. La mer était si claire et si bleue à la fois, que le Bon Dieu prenait plaisir à la regarder. C'était en elle, cette fois, qu'il admirait ce qu'il avait créé.

Il arriva auprès du bonhomme. L'homme était encore là et les coups de coutelas et de hache mordaient à peine dans le tronc vieilli. Le bonhomme frappait dur : bidip ! bip ! bidip ! bip ! Les branches l'ignoraient, se laissant doucement bercer par l'alizée.

— Courage ! mon ami, lui dit le Bon Dieu, à quand la fin ?

— Missié chè, bientôt, si ces zombis a pas ka marré moins en chumin. (Monsieur, cher, bientôt, si les envoyés du Diable ne me paralysent pas pendant que je suis en train.)

Le Bon Dieu regarda l'homme. Le torse nu couleur acajou, luisant de sueur, les muscles en relief, son grand chapeau bacoua enfoncé en arrière, l'homme était beau. C'était là vraiment une œuvre réussie. Cependant le Bon Dieu secoua la tête, salua et continua sa promenade.

Et le chien l'entendit grommeler :

— Les zombis ? Non, non, mon bonhomme, c'est le Bon Dieu qui va « t'amarrer », car tu ne finiras pas ton ouvrage tant que tu n'auras pas dit « s'il plaît à Dieu ! ».

Trois jours après, le Bon Dieu se dirigeait à « la fraîche » vers sa promenade favorite. Le petit chien trottait devant. L'homme était encore là, suant, soufflant, tailladant. Et comme d'habitude, le Bon Dieu s'arrêta :

— Eh ! bonjour, mon ami, et ce travail ?

— Il sera fini, bientôt, Monsieur, s'il plaît à Dieu ! répondit l'homme.

Le Bon Dieu, surpris, salua et s'en alla.

Le petit chien, devant, trottinait...

— Viens ici ! lui cria le Bon Dieu. Tu as parlé ?

Le chien voulut répondre, mais le Bon Dieu lui assena un tel coup de « bâton macaque » que, depuis ce jour, il ne put qu'aboyer : oua, oua, oua !

Et c'est depuis ce temps-là que les chiens ne parlent plus.

ENTRACTE

RECETTES POUR RECONNAÎTRE UN DIABLE OU UNE DIABLESSE ET LES COMBATTRE

Les héros des contes des Antilles croisent souvent le Diable sur leur chemin : Apolline, Cécenne, Cétoute, Coraline, Cynelle, Fèfène, Marie-Catherine, Pimprenelle, Scholastine, Tit Pocame. Chacun va le reconnaître grâce à un fait très précis et parfois le combattre par des moyens inattendus.

Attribuez chaque recette à son auteur. (Attention, un héros peut avoir plusieurs moyens de reconnaître le Diable, de lutter contre lui ; le nombre de cases correspond au nombre de lettres du nom.)

Comment reconnaître un diable ou une diablesse ?

Ce bel homme blanc, aux dents bleues, a besoin de sang humain, pour rester jeune.

|_|_|_|_|_|_|_|_|

Le jour du carnaval, il porte un costume rouge, des gants rouges mais sa grande queue rouge est longue, longue…

|_|_|_|_|_|_|_|_|_|_|_|

Elle porte une grande robe blanche, un madras blanc sur la tête, mais c'est un pied de bouc qu'elle cache dans ses chaussures.

|_|_|_|_|_|_|_|

Vous vous promenez au bord du cratère d'un volcan ; tout à coup un homme surgit à vos côtés, de temps à autre il rit d'un petit rire de chien.

|_|_|_|_|_|_|_|_|_|_|_|_|_|_|_|

Vous rencontrez un beau jeune homme ; piquez une de ses veines, de la « matière » coule à la place du sang.

|_|_|_|_|_|_|_|_|

Un jour de bal, une très belle femme danse, lorsque sa jupe se soulève vous apercevez un sabot de cheval à la place du pied gauche.

_ _ _ _ _ _ _

Vous achetez un peigne à une mendiante, mais ce peigne est magique et transforme de beaux jeunes gens en moutons dociles.

_ _ _ _ _ _ _

Un homme vous offre gloire et fortune en échange de votre âme.

_ _ _ _ _ _ _ _ _ _ _ _ _ _ _

Cet homme très riche vous fait des cadeaux somptueux, mais les billets de banque qu'il sort de son portefeuille ont une odeur de cercueil, un parfum de mausolée.

_ _ _ _ _ _ _ _

Ce propriétaire n'a pas besoin d'esclaves pour mettre en valeur sa magnifique plantation, des petits cochons sortis de son ventre travaillent la terre à sa place.

_ _ _ _ _ _ _ _ _ _ _

Quel personnage bizarre ! Sa tête ressemble à celle du lion avec une crinière en peau de chèvre, des cornes de bouc et des tas de petites glaces autour.

_ _ _ _ _ _ _ _ _ _ _

Entrez dans un nid de fourmis rouges, descendez, descendez ; sous la terre tout au fond, c'est lui...

_ _ _ _ _ _

Elle vous invite à partager son repas et vous sert une fricassée de crabes, mais au milieu des pinces vous reconnaissez un doigt d'enfant.

_ _ _ _ _ _ _

Et maintenant comment le combattre ?

Poursuivi par un gros diable, vous grimpez sur un bel oranger, vous bombardez votre ennemi jusqu'à l'assommer avec les fruits que vous cueillez.

Vous rencontrez le Diable dans son usine, il tue vos compagnons mais, plus malin, vous utilisez un « bec mère » pour lui crever les yeux.

Transformée en oiseau par magie, vous redevenez petite fille si vous faites un signe de croix.

Vous êtes petit mais intelligent et votre mère, avant de mourir, vous a remis un doublon d'or provenant du tombeau d'un vieux Caraïbe.

Pour élever un barrage infranchissable par le Diable, placez un crucifix sur son chemin.

Votre mère très pauvre a dû vous abandonner, mais auparavant elle a attaché à votre cou un scapulaire dans lequel elle a glissé un talisman.

Solutions chap. VI, IX, X, XI, XII, XIII, XIV, XVI, XVII, XXIX.

POURQUOI ?

Les enfants posent des questions parfois embarrassantes : Pourquoi la mer est-elle salée ? Pourquoi y a-t-il du vent ? Pourquoi les animaux ne parlent-ils pas ? Les contes donnent parfois des réponses.

Parmi les propositions suivantes, retrouvez celles des contes antillais.

I. La Lune ne rencontre plus jamais le Soleil, elle se lève quand il se couche et se couche quand il se lève. Tous les mois elle change de forme et regarde la Terre de face, de profil, de trois quarts. Pourquoi ?

A. Elle a rencontré le Diable au cours d'une visite sur la Terre. Celui-ci, ébloui par sa lumière, en a mangé un morceau.

B. La Lune a un caractère très lunatique et aime varier les formes et les plaisirs.

C. C'est la punition du Bon Dieu auquel elle a désobéi. Au lieu de rester sagement accrochée dans le ciel, elle a voulu faire la folle sur la terre.

II. Aux temps anciens, les chiens parlaient avec les hommes. Aujourd'hui, ils aboient : oua, oua ! Pourquoi ?

A. Fatigué d'obéir aux humains, le chien a préféré inventer un autre langage, ainsi il peut faire semblant de ne pas comprendre les ordres des hommes.

B. Le chien a été trop bavard, il a trahi la confiance du Bon Dieu en livrant un secret à un homme.

C. Le vrai maître de l'homme, c'est le chien, si l'homme veut communiquer avec lui et établir une relation de confiance, il doit apprendre son langage.

III. Quel étrange animal que la tortue ! Elle porte sa maison sur le dos mais cette carapace présente l'aspect de morceaux recollés. Pourquoi ?

A. La tortue rêvait de voler dans les airs. Deux canards l'emmènent avec eux en la soutenant grâce à un bâton qu'elle tient entre ses dents. Trop heureuse, la tortue crie sa joie, ouvre la gueule et tombe. Sa carapace est cassée.

B. Par ruse la tortue est montée au ciel, mais comment en redescendre ? L'araignée la tire de ce mauvais pas à l'aide du fil dont elle fait les toiles. En chemin, la tortue découvre par où sort le fil et se moque. Furieuse, l'araignée la laisse tomber.

C. Les aigles sont friands de tortues, mais pour cela il faut casser leur carapace. Un aigle tient une tortue entre ses serres. Un homme, chauve, dort au soleil. Son crâne brille. L'aigle, ébloui, croit voir un rocher et lâche la tortue. L'homme meurt, mais la carapace n'est que fêlée.

IV. Tous les singes possèdent une queue plus ou moins longue. Celle du macaque est aussi longue que son corps. Il la place le plus souvent sous le bras. Pourquoi ?

A. Voulant échapper à deux chiens féroces envoyés par Dieu, il met sa queue sous le bras pour courir plus vite.

B. Sa queue est son plus bel ornement, il en est très fier et la met sous son bras pour éviter de la salir.

C. Le macaque est devenu fou, il se prend pour une pompe à essence.

Solutions chap. XIX, XX, XXI, XXXI.

D'UN CONTE L'AUTRE

D'un bout à l'autre du monde, des similitudes étonnantes apparaissent entre les contes. Dans le cas des Antilles, l'arrivée des Blancs avec leur culture européenne peut expliquer certaines ressemblances. Les motifs « importés » ont été dissociés, plus ou moins transformés et intégrés dans de nouvelles histoires.

Voici des éléments de récits. À vous de retrouver à quels contes ils sont communs. Deux listes vous sont proposées. Complétez le tableau en plaçant les lettres correspondantes dans les cases vides.

Contes antillais

A. Barbe-Bleue
B. Cynelle
C. La plus belle en bas la baille
D. Pimprenelle
E. Lan misé raide
F. Zagrignain kiou fait fil
G. Tit Prince épi Médèle

Fables et contes européens

a. La Fontaine, « La Laitière et le Pot au lait »
b. La Fontaine, « La Tortue et les deux Canards »
c. Perrault, « La Barbe-bleue »
d. Perrault, Grimm, « Cendrillon »
e. Grimm, « L'Eau de Jouvence »
f. Perrault, « Le Petit Poucet »
g. Grimm, « Les Six Cygnes », « Les Sept Corbeaux »

Une jeune femme va au marché, sa marchandise sur la tête. En espérant un bon prix, elle échafaude en chemin des projets mirifiques. Hélas, tout s'écroule...		
Une pauvre fille doit accomplir les tâches les plus dures et passe son temps dans les cendres de la cheminée d'où elle tire son nom. Sa mère lui préfère sa sœur, mais c'est elle qu'épousera le prince.		
Une jeune épousée ouvre une porte interdite et découvre, égorgées, les femmes précédentes de son mari. De stupeur, elle lâche la clef qui, irrémédiablement tachée de sang, trahit sa désobéissance. Ses frères la sauvent de la mort.		
Ses frères changés en animaux par une méchante femme, une jeune fille épouse un prince dont elle conçoit un enfant. Mais, victime à son tour d'une mauvaise femme, elle est condamnée à mort. Ses frères la délivrent et recouvrent leur forme humaine.		
Une tortue veut voler et tombe de haut.		
Un enfant sème des graines pour retrouver son chemin dans la forêt. Mais c'est compter sans les oiseaux. Égaré, il se réfugie dans un endroit dangereux.		
Des enfants partent à la recherche du remède qui seul pourra guérir leur parent mourant. L'un d'eux découvre ce remède, mais son (ses) frère(s), jaloux le lui dérobe(nt) et le tue(nt). Cependant tout est bien qui finit bien.		

Il ne vous reste qu'à observer les différences entre les versions pour découvrir l'« originalité antillaise ».

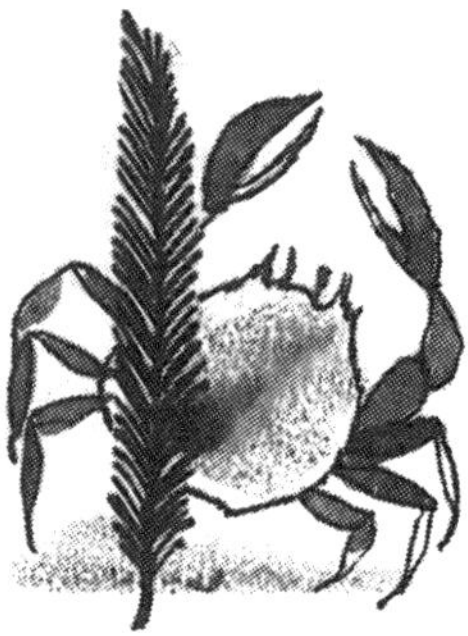

COMME UN TOULOULOU

Le parler créole affectionne les comparaisons souvent inattendues. Vous avez dû vous en apercevoir en lisant ces contes.

Un « ziguidi » qui l'avait remarqué a pris un malin plaisir à tout mélanger. Et voici le résultat !

Saurez-vous rétablir le texte initial ?

a) Sa figure brillait comme	1) un touloulou
b) Sa figure se plisse comme	2) un fruit à pain mûr
c) Les yeux doux comme	3) le nez du chien
d) Les deux yeux rouges comme	4) patates six semaines
e) Une voix sourde comme	5) canon fisil
f) Heureux comme	6) an ziguidi dans an bombe fè blanc
g) Ka palé, ka palé... comme	7) le tonnerre du volcan
h) Fermer les yeux comme	8) un bouc dont on a sorti la langue

i) Il cabrilait comme	9) le petit oiseau quand il voit le serpent
j) Il disparut dans la terre comme	10) un bossu qui a perdu sa bosse
k) Il se leva comme	11) la souris sol
l) Il s'affala à terre comme	12) le cou d'un anoli pris dans caboua
m) Ma gorge est serrée comme	13) crêpe Georgette
n) Narines ouvertes comme	14) deux piments
o) Les Gros-Mornais blêmes comme	15) du gros sirop
p) La cuisine était froide comme	16) une clarinette neuve

Solution

a16 - b13 - c15 - d14 - e7 - f10 - G9 - h11 - i8 - j1 - k6 - l2 - m12 - n5 - o4 - p3

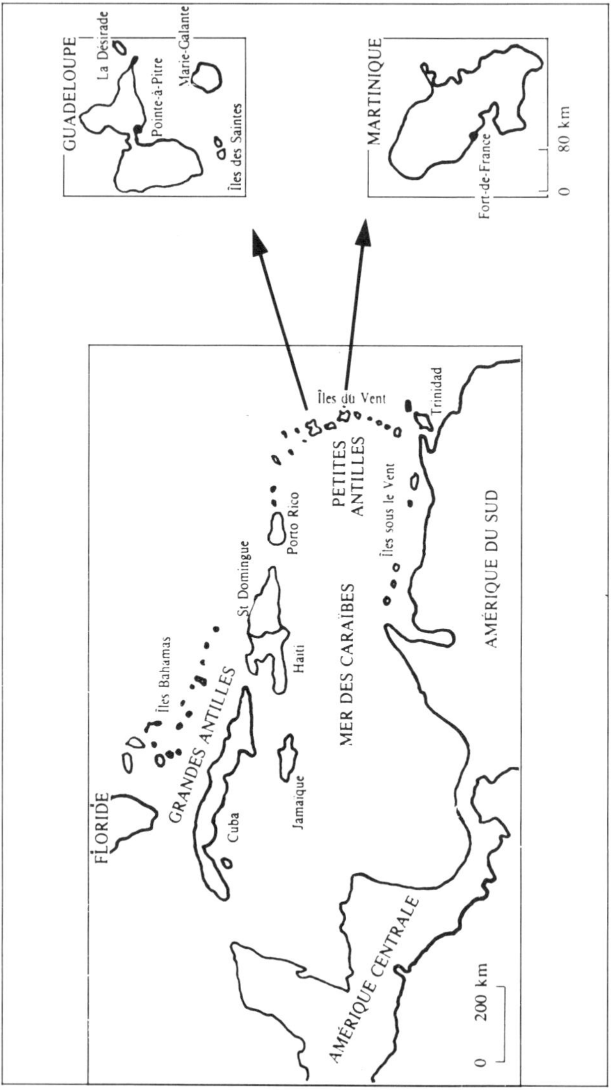
GUADELOUPE
La Désirade
Pointe-à-Pitre
Marie-Galante
Îles des Saintes
MARTINIQUE
Fort-de-France
0 80 km
FLORIDE
Îles Bahamas
GRANDES ANTILLES
Cuba
Jamaïque
Haïti
St Domingue
Porto Rico
PETITES ANTILLES
Îles du Vent
Îles sous le Vent
Trinidad
MER DES CARAÏBES
AMÉRIQUE DU SUD
AMÉRIQUE CENTRALE
0 200 km

POUR EN SAVOIR PLUS

LE PEUPLEMENT DES ANTILLES

Christophe Colomb découvre les Antilles au cours de ses quatre voyages de 1492 à 1504. Lorsqu'il débarque, il est accueilli par une population pacifique : « Debout sur la plage, une trentaine d'hommes nus, le corps peint, contemplent la scène, tétanisés de stupeur. Ils n'esquissent pas un geste d'agressivité devant ce débarquement proprement inimaginable. En signe de bienvenue, ils échangent quelques cadeaux avec ces hommes étranges, blancs et barbus. En cet instant, le destin des Taïnos bascule. [...] Dans les vingt ans qui suivent ce premier contact, les habitants des îles vont quasiment tous disparaître, victimes de la tragique équivoque qu'est l'histoire de la découverte colombienne » (C. Duverger, « Art Taïno », *Connaissance des Arts*, H.S. n° 50, 1994).

Espagnols, puis Français et Anglais colonisent ces îles. L'exploitation de ces territoires commence dès le début du XVIe siècle, grâce aux Noirs amenés d'Afrique pour travailler comme esclaves sur les plantations de canne à sucre et de coton. Si **la traite des Noirs** fournit à l'Amérique de la main-d'œuvre, enrichit les commerçants européens, elle fait perdre à l'Afrique et pour longtemps une grande partie de ses forces vives. Les bateaux « négriers » partent des ports européens chargés de pacotille, mais aussi d'armes, de tissus, d'outils, pour les côtes de Guinée. Là, ils obtiennent en échange de leur chargement trois cents à quatre cents Noirs réduits en esclavage à la suite de guerres tribales. Ceux-ci sont entassés dans les cales des navires où ils ne peuvent se tenir debout. L'absence d'hygiène et la dureté des conditions de voyage font mourir 10 à 15% de ces passagers involontaires. Mais pour éviter une hécatombe et par là une perte d'argent, on s'efforce de leur garder un aspect physique convenable afin de les revendre le plus cher possible. À l'arrivée, les Noirs sont exposés et échangés généralement contre des marchandises tropicales (sucre, rhum, épices) revendues au retour en Europe.

Ce **trafic triangulaire** fut l'un des principaux moyens d'enrichissement de l'Europe. À la fin du XVIIIe siècle, plusieurs millions de Noirs avaient été déportés dans le Nouveau Monde. L'économie des Antilles s'est développée en fonction des besoins de l'Occident et les ports français comme Nantes et Bordeaux ont été particulièrement actifs.

La Révolution française en 1794 supprime l'esclavage mais le décret est annulé par Bonaparte en 1802. Il faut attendre **1848** pour que l'esclavage soit officiellement aboli dans les colonies françaises, sur l'initiative de **Victor Schœlcher**.

Grâce à ce trafic, **l'économie et la société de plantation** se développent et atteignent leur apogée au XVIIIe siècle. Plusieurs familles nobles françaises se sont établies aux Antilles. Deux femmes issues de ce milieu vont jouer un rôle dans l'histoire de France.

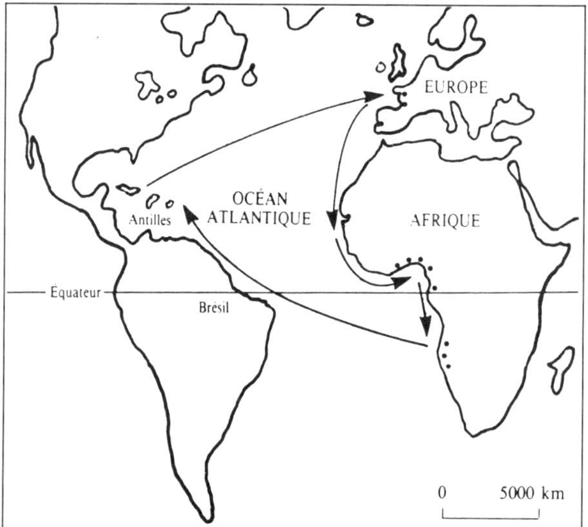

La première est Françoise d'Aubigné, plus connue sous le nom de **Madame de Maintenon**. Née en 1635, elle passe son enfance à la Martinique. Revenue en France, elle épouse le poète Scarron, tient salon et fréquente la haute société. Elle va être chargée, après son veuvage, de l'éducation des enfants bâtards que Louis XIV a eu de Madame de Montespan. Épousée secrètement par le roi, elle fonde en 1686 l'institution de Saint-Cyr pour y éduquer les jeunes filles nobles sans fortune.

Joséphine Tascher de La Pagerie est née aux Trois-Îlets en 1763. Sa famille est établie depuis 1726 à la Martinique. À seize ans, elle vient en France et épouse le vicomte **de Beauharnais** dont elle a deux enfants. En 1794, son mari périt sur l'échafaud et elle-même échappe de peu à la mort. Après la chute de Robespierre, elle brille dans les salons parisiens et épouse un jeune officier, Napoléon Bonaparte, promis à un bel avenir. Elle sera couronnée impératrice par Napoléon en 1804, mais n'ayant pas donné d'héritier à l'Empereur, elle est répudiée et se retire à la Malmaison près de Paris.

Depuis le XIXe siècle, beaucoup de plantations périclitent avec la fin de l'esclavage et la concurrence du sucre de betterave. L'économie locale n'est plus capable d'assurer le plein emploi aux Antillais. Aujourd'hui, la croissance démographique, l'intensification du métissage, le mélange des cultures et des religions font des Antilles un ensemble original mais la situation économique reste encore précaire.

Les créoles antillais

Le mot *créole* vient du portugais *crioulo*, « serviteur nourri à la maison », après un passage par l'espagnol *criollo*. Il désigne d'abord une «personne de race blanche née dans les colonies intertropicales » (aux Antilles françaises : un *béké*). C'est ensuite le nom de la langue née, **en deux temps**, dans le contexte de la colonisation européenne.

Lors de la première phase de la colonisation, dite de **la société d'habitation**, le français (pour les créoles français) parlé par les Blancs, des « provinciaux modestes, souvent illettrés », sert « de modèle à la francisation [...] des jeunes esclaves ». La deuxième phase, celle de **la société de plantation**, voit affluer de nouveaux esclaves qui forment un « sous-prolétariat [...] tandis que les esclaves créoles francisés constituent une sorte d'élite servile que les premiers imitent en tout. [...] Alors commence [...] le processus de créolisation, c'est-à-dire d'autonomisation par rapport au français » des colons (Daniel Delas, in *Le français aujourd'hui*, n° 106, Lire/écrire en pays créole).

On comprend que les créoles sont d'abord des langues orales. L'orthographe n'en est pas fixée.

Nègre c'est Noir

C'est du portugais ou de l'espagnol *negro*, noir, que vient le terme français *nègre*, qui apparaît en 1516 mais se rencontre rarement avant le XVIIIe siècle. Désignant une personne de race noire, il est aujourd'hui vieilli ou péjoratif et remplacé par *Noir*. Il désignait notamment les Noirs employés comme esclaves, d'où l'expression : « Travailler comme un nègre ».

XXI

LAN MISÉ RAIDE

(La misère est dure)

OSINE descend en ville, une dame-jeanne de sirop batterie sur la tête, en équilibre sur un coussinet de feuilles de bananier. Dosine est marchande de sirop batterie.

Hier encore, le jus de canne pressé bouillait dans la grande cuve en cuivre de l'usine. Et le voilà aujourd'hui enfermé dans la dame-jeanne, bien bouchée à l'aide d'un bouchon de liège entouré de coton comme le veut l'usage.

Dosine a un cotonnier près de sa case :

« I ni ka longé lan main » (elle n'a qu'à allonger la main) et elle cueille le coton.

Elle avance pieds nus, bras ballants. Les petites « roquilles » (mesures de fer-blanc) accrochées à sa ceinture brimbalent au rythme de ses pas.

Dosine parle seule à haute voix. Elle se répond, rit bruyamment, s'exclame.

La nature lui appartient, et pour mieux lui tenir compagnie, elle l'a personnifiée. Le ciel, les arbres, la route sont pour elle des êtres qui voient, et qui entendent, de même que le « gros sirop » qu'elle porte sur la tête.

« Ah ! mime ! quiembé droiète ! I faut nous rivée en ville avant onze hè ! » (Ah ! dis donc, tiens-toi droit, il faut arriver en ville avant onze heures !)

Et Dosine continue :

« Avec l'argent du sirop, je vais achité un gros ciège, plis gros qui cilui de Célamène.

Tant pis pour la culotte de Kiapatt qui laisse passer la brise. »

Et Dosine, devant une telle fatalité, crache par terre et fait « tuip » de la langue.

« Ji pourrai achiter pit ète un petit cochon pour Noël, un petit cochon planche. C'est li moment avec la saison di fruit à pain. Ji li tuerai pou Noël ; ji ferai di boudin et des petits pâtés, et ji li salerai.

« Voulez-vous parier que Fifine va encore me demander de lui prêter l'os du jambon, le ''baille goût'' ? La dernière fois, elle l'avait laissé trop longtemps dans ses haricots (on ne le laisse que deux minutes, pou prendre l'odeur !), si bien que tout le goût est parti. Alors nous nous sommes fâchées. Mais ji suis sûre que lorsqu'elle sentira l'odeu di boudin, elle va me crier par dessis la haie d'hibiscus :

— Et ! bonjou chè, comment vas-ti, ci matin ?

« Peut-ète j'achèterai plutôt une boule d'or, pour commencé mon collier graine chou. »

Dosine aperçoit un bœuf dans une savane, toute parsemée de grosses pierres noires parmi des herbes vert tendre.

Elle rit : « quia, quia, quia... ».

Elle pense à cette petite « uropéenne » qu'un soldat antillais avait épousée en « Fouance » en lui racontant qu'il avait des troupeaux de bœufs. Une fois arrivés à la Martinique, il l'avait conduite dans sa petite case, et elle demandait toujours à voir les troupeaux. Alors, à la nuit tombante, il l'emmena dans cette savane toute parsemée de grosses pierres noires. Il lui dit : « les voilà ». De loin, en effet, on eût dit des bœufs, mais elle demanda : « Pourquoi les bœufs sont-ils tous couchés dans ce pays-ci ? »

Pauvre petite « béké Fouance », elle ne pouvait pas se faire à la vie dans la case, aux plats d'ignames, de miguan fruit à pain. Elle est partie, elle est retournée dans son pays.

Dosine se mit à penser ensuite à ce bœuf de Porto Rico... Lorsqu'on avait procédé au déchargement des bœufs, l'un d'eux s'enfuit dans les rues de Fort-de-France. Ce fut la panique générale ; les gens grimpèrent aux greniers, on alla quérir des lassos, et le bœuf, le « général bœuf », parcourait la ville en courant, lorsque crac, il glissa, tomba...

Il avait glissé sur une pelure de mangot ! Tout le monde accourut, qui des couloirs, qui des greniers, qui du faîte des arbres, et chacun disait : lasso en main, c'est moi qui l'ai eu !

Et vlan ! voilà Dosine qui glisse à son tour, elle aussi, sur une pelure de mangot.

La dame-jeanne se brise, le sirop coule, s'éparpille, se mêle à la terre, aux herbes.

Elle ne peut rien ramasser, pas même de quoi faire un petit « lokio » (gâteau de coco cuit dans le sirop).

Elle regarda tout cela :

« Mon dié, mon dié ! ça moins fait ? » (Mon Dieu, mon Dieu, qu'ai-je fait ?)

Le cochon planche est déjà mangé ! le cierge est brûlé !

« Adieu madras ! adié foula, adié colliers chou ! »

Mais Dosine n'a pas de doudou pour la consoler ; elle est seule avec ses enfants !

« Sirop batterie est pâti pou toujou ! » (le sirop batterie est parti pour toujours !).

Elle ramasse le coussinet de banane rouille, rose et vert, et reprend le chemin de la case en gémissant :

« Ah ! lan misè raide ! lan misè raide ! » (Ah ! la misère est pénible ! la misère est pénible !)

Un petit macaque, caché dans les branches d'un manguier, la regardait partir. C'est lui qui avait jeté la « peau du mangot ». Il descendit de son arbre en poussant des cris de joie et, avant que les fourmis rouges aient eu le temps d'accourir, il avait déjà léché le sirop, crachant la terre. Et il disait :

> « lan misè raide ? lan misè raide ?
> non ! lan misè pas raide !
> lan misè doux ! »

Et depuis, il guettait les « machannes sirop batterie », mais aucune ne passait plus.

Alors il décida d'aller trouver le Bon Dieu. Il frappe, il rentre au ciel. Il demande au Bon Dieu de lui donner un peu de misère.

— Un peu de misère ? lui dit le Bon Dieu. Tu veux rire, macaque !

— Non, mon Dieu, lan misè doux, je veux de la misère.

— Mon fils, reprend le Bon Dieu, lan misè raide ! lan misè raide !

— Lan misè, c'est ça qui doux, bon dié, donnez-moi de la misère.

Macaque insistait tellement que le Bon Dieu appela saint Expédit et lui dit :

— Donne de la misère à cet animal.

Alors, saint Expédit remit à macaque deux œufs.

Macaque prit un œuf dans chaque main ; il descendit à terre, et pour être sûr d'être seul à profiter de « lan misè », il courut se nicher dans une savane déserte.

Là, il lança un œuf en l'air...

Il en sortit un chien, un « papa chien », avec des crocs formidables.

Il lâcha l'autre œuf !

Il en sortit un bouledogue.

Tous deux jappant, aboyant, entourant macaque, le mordant dans le cou, aux jarrets, au derrière, jusque dans la tête.

Macaque s'enfuit, se frappant la poitrine de ses poings, mais les chiens le rattrapaient.

Alors, pour courir plus vite, Macaque mit sa queue sous son bras et fila, les chiens à ses trousses.

Enfin il rencontra un lépini, cet arbre tout en piquants. Il grimpa dessus, s'arrachant aux épines, les chiens en bas, jappant de toutes leurs forces, et macaque criait, lui aussi :

« Ah ! lan misè raide ! lan misè raide ! »

C'est depuis ce jour-là que les macaques marchent la queue sous le bras, et ont si peur des chiens !

XXII

PÉ TAMBOU A

PARIONS, dit nèg là, parions que je démolis la procession dimanche !

C'était un pari un peu osé. Mais Kinsonn', maître tambourineur, avait contre Monsieur le curé une petite revanche à prendre.

Un jour, il avait été trouver Monsieur le curé en vue de se marier.

— Tu veux te marier ?

— Oui, Monsieur le curé, moins fini batt ! (je dépose les armes).

— C'est bien, répondit Monsieur le curé, c'est très bien, mon fils.

— Combien ça coûte, Monsieur le curé ?

— Euh ! pour un son de cloche, c'est cent francs, pour trois, c'est deux cents.

Kinsonn' se gratte la tête :

— Trois, foutt' ça chè ! mais aussi un son de cloche, foutt' ça maig' ! (Trois, que c'est cher ! mais aussi un coup de cloche, que c'est maigre !)

Il pensa à l'humiliation de n'avoir qu'un son de cloche et soudain :

— Moins kè réfléchi et moins ké ruvini (je vais réfléchir et je vais revenir).

Et il s'en retourna disant :

« Moins mayé à la cloche du bois, zaffai kiou mèles qui prend plomb ! » (Je suis marié à la cloche de bois, tant pis pour le merle qui a reçu du plomb !)

Depuis, les choses se sont arrangées, car Kinsonn' a bénéficié du mariage en série à prix réduit et avec carillon !

Kinsonn' se voit encore au bras de son épouse officielle, habillée de sa grande robe rouge à fleurs jaunes... faisant le tour de la place avec les autres mariés. C'est lui qui portait le grand parasol noir grand ouvert, car il était onze heures du matin, et le soleil était chaud ! Ce fut un grand jour pour tout le monde. Aujourd'hui, Kinsonn' est marié, en règle avec le Bon Dieu. Il est sûr de ne pas aller en enfer, mais il ne serait pas fâché de jouer un bon tour à Monsieur le curé, qui vend le carillon de noces si cher à de pauvres bougres comme lui.

On ne parle que de la procession de dimanche. Déjà on a paré l'humble chapelle de Caritan de fleurs et fruits, que les fidèles emporteront après la cérémonie.

Nous y voici...

La procession défile en ordre. D'abord les petites filles, noires, jaunes, rouges, têtes crépues, têtes bouclées, toutes de blanc habillées et couronnées de fleurs blanches aussi.

Au milieu de ces enfants, avance avec grâce la Reine de la Procession, jeune et jolie mulâtresse, dite « enfant de Marie », entourée de petits anges et qui accompagnent en chœur la statue de la Vierge portée à bras.

En file, suivent les personnes âgées, en « grand' robe » à traîne, avec des madras voyants et des bijoux d'or massif.

Et derrière, la foule des hommes, chaussés, cravatés. Ils accompagnent le dais sous lequel s'abrite Monsieur le curé, entouré de ses enfants de chœur, dans leur surplis de dentelle empesée. Sur le passage de la procession, les maisons ont été pavoisées de feuilles de cocotier piquées de fleurs. Aux fenêtres pendent des tapis bariolés, des broderies, des étoffes de velours et de soie.

On a installé des reposoirs dans de nombreuses maisons : reposoirs modestes, constellés de boules de verre de couleur, reposoirs riches ornés de draperies anciennes, de lumières dans des verrines de cristal ou des photophores d'argent à plusieurs branches.

Toute la richesse des fidèles s'étale en plein jour. Rien n'est trop beau pour célébrer le passage de la Vierge Marie.

Pendant ce temps...

Maître Tambourineur est à son affaire. Il s'est déjà installé à la sortie du bourg sous un catalpa. Il est assis dans le fossé, son tambou « bel ai » entre les jambes. Il attend !

Les cloches carillonnent, les voix graves des hommes accompagnent celles légères des enfants dans un hosanna vers le ciel. La procession s'achemine lentement sur le chemin de Caritan. L'air danse sous le ciel tropical.

Boum ! un coup de tambour magistral annonce « le bel ai ». Maître « tambourineu » a attaqué : bip ! bip !... bid im ! bip !...

La procession, disciplinée, continue son chemin paisiblement. Les petits anges sourient, étonnés.

Bientôt cependant, chacun marche au rythme du « bel ai ».

Au loin, les champs de canne s'allongent jusqu'à la mer aux tons de jade et d'améthyste. Tout est sérénité.

Cependant le tambour accélère son rythme. Les fidèles pressent le pas, malgré le sol rocailleux et les racines d'arbres.

Maintenant tout est baigné de lumière, le soleil flamboie. La musique « bel ai » a pris un tour excitant ; tout le monde a envie de danser. Litanies, cantiques, prières ont un air de biguine.

Maître « tambourineu », dos plat, suit la procession, la devance et de relais en relais attaque de plus belle sa peau de cabri.

Monsieur le curé excédé fait signe au bedeau :

— Bedeau, allez dire à maître tambourineur qu'il trouble une manifestation de la piété publique.

Le bedeau a vite fait de découvrir l'homme. Assis à califourchon sur son tambour, dans un champ de canne, il tape à tour de bras : rouape ! rouape !

Le bedeau avance, martelant le sol au rythme de sa canne, et il se met à chanter !

> « Missié l'abbé dit, et dit, et dit,
> Pé tambou a »
> (Monsieur l'abbé a dit, a dit, a dit,
> de taire le tambour.)

Et le bedeau continue à danser...

Monsieur le curé, ne voyant pas revenir le bedeau, dépêche la Reine de la Procession.

Envoûtée par le tambour, elle arrive en chantant :

> « Missié l'abbé dit, et dit, et dit !
> Pé tambou a ! »

Maître tambourineur ne connaît plus son talent.

Ses doigts volent, trillent la note ; il ferme à moitié les yeux, dodeline de la tête, toutes dents dehors, rythme de ses pieds, de ses jambes, se concentre enfin sur sa musique, et illuminé de bonheur, frappe à grands coups sur sa peau de cabri. Est-il seulement sur terre ?

Devant lui, bedeau et reine face à face dansent la biguine !

Monsieur l'abbé, ne voyant pas revenir la Reine de la Procession, envoie ses acolytes.

Ils s'en vont frétillants, battant la mesure :

> « Missié l'abbé dit !... et dit !
> Pé tambou a ! »

En les voyant arriver Maître tambourineur leur crie :

— Mamaille ! baille la voix ! (enfants, donnez de la voix, chantez plus fort !)

Et c'est la bacchanale...

Tous ensemble dansent en chantant, et chantent à pleine voix.

Insensiblement, la procession s'est évanouie. Monsieur le curé, resté seul sous le dais avec quelques hommes sérieux, se décide à se rendre lui-même près du maître tambourineur.

Et voici que, lui aussi, tout en avançant, chantonne :

> « Missié l'abbé dit, et dit, et dit !
> Pé tambou a ! »

Il a remonté un pan de sa soutane...

Et que voit-il ? Toutes ses ouailles, déchaînées, qui biguinent, même les vieilles femmes !

Abomination de la malédiction !

Monsieur le curé, rouge de colère, s'apprête à lancer l'anathème, lorsqu'il s'aperçoit que, lui aussi, danse, la robe relevée.

Furieux, il secoue sa soutane, et d'une voix scandée par ce satané « bel air », il maudit le tambour avec tous les danseurs...

Et à grands pas, il fuit ce lieu de perdition... Il va trouver l'oubli, sous sa tonnelle de lianes, dans une « berceuse » en compagnie d'un petit punch.

Une fois Monsieur le curé de retour au presbytère, le tambour creva.

Une pluie d'hivernage, véritable trombe d'eau, s'abattit sur les danseurs, qui s'éparpillèrent, mains et jupes sur la tête, avec de grands éclats de rire et des cris.

Le maître tambourineur fut mis à la porte de sa case par sa femme, qui l'envoya à confesse pour avoir osé s'attaquer à des choses sacrées.

Le soleil revint... Et de nouveau la sérénité s'épancha partout, des cloches, des prières, du ciel, des âmes...

XXIII

UN TOUR
DE COMPÈRE LAPIN

OMPÈRE Lapin rencontre compère Léphant dans un « pitt » (combat de coqs). Chacun faisait battre son « coq game » et l'enjeu avait fait accourir des gens de tous les coins de l'île : des gros messieurs, rouges comme les coqs, avec leur panama sur les yeux, des nègres nu-pieds en costume de drill blanc, des « tits jeunes à case maman ».

Et tout ce monde était debout autour de la piste de terre battue, les uns accoudés contre la palissade de bambous. Quelques favorisés étaient assis sur des bancs.

Les coqs venaient de Sainte-Lucie ; ils avaient été entourés de soins jaloux, nourris au foie de veau pilé, macéré dans du madère, d'œufs durs, de girofle pilé et frictionnés au bayrum.

Le combat allait commencer. Les partenaires, compère Lapin et compère Léphant, avaient sucé les ergots de leur coq afin de prouver à l'assistance que les ergots n'avaient pas été empoisonnés.

Outre l'enjeu capital, chacun fit des paris personnels : celui-ci jouait son cheval, celui-là sa femme, un autre une pirogue...

On lâcha les coqs : « La Guère », et puis « Volcan ».

Et il arriva cette chose imprévue, surprenante, le coq de compère Lapin chanta poule !

Ce fut un tollé général. Il était disqualifié. On annula les paris.

Mais compère Léphant n'était pas content. Il s'avança pour pulvériser compère Lapin. On s'y opposa en criant :

« La foce et pis la foce » (la force avec la force).

Après des palabres, on décida qu'il y aurait un « duel d'intelligence ». C'est à qui vaincrait l'autre dans un concours de soufflets.

Les compères devaient se porter chacun à tour de rôle la tasse de café matinal, et donner, en même temps que la tasse de café, un soufflet à l'adversaire.

Le sort — sur un coup de dés — décida que ce serait compère Lapin qui, le premier, apporterait le café à compère Léphant.

« Ti hache ka abatt grand bois » (la petite hache abat le grand arbre), lui dirent ses amis.

Le lendemain, à l'angélus, dans la noirceur de la nuit finissante, compère Lapin, un plateau d'argent à la main, apporte son café à compère Léphant.

« To, to, to, Léphant, vini prend café ou » (to, to, to, compère Léphant, viens prendre ton café).

La porte s'ouvre, compère Lapin tend le plateau d'une main à compère Léphant et, de l'autre, lui donne un magistral « soufflett ».

— An bon calott' pou boudin ou (une bonne gifle pour ton ventre).

Compère Léphant, « raide comme an zoban » (droit comme un i) ne sent même pas le soufflet.

Et il songe : « dumain, lapin fini batt ! (demain, lapin a fini de lutter).

Compère Lapin est songeur : « Demain, ce sera mon tour de recevoir le soufflet. »

Il se promène, inquiet, sifflotant pour donner le change. Il rencontre compère Mouton.

— Alors, compère Mouton, chè, comment va ?

— « Piame, piame » (tout doux, tout doux), camarade.

— Par ce temps de chaleur, reprend compère Lapin, venez donc chez moi vous rafraîchir ; venez prendre un bon « cocoyage » (eau de noix de coco mélangée à du tafia).

— Ce n'est pas de refus, compère, mais je crois bien que je préférerais un petit punch.

— Justement ça tombe bien ; j'ai du bon rhum Carétan, du supérieur, avec des pruneaux macérés dedans.

Devisant, batifolant, ils arrivent à la case ; ils s'attablent devant une bonne bouteille de rhum doré comme le soleil, une bouteille de sirop de canne, un citron vert.

Le ménage de compère Lapin laisse à désirer, car il est célibataire. Pas de petite cuiller pour agiter le punch !

— Point n'est besoin de petite cuiller, affirme Mouton, qui est un débrouillard, les deux liquides en se malaxant se « doucent ». Et il agite son verre dans un mouvement rotatoire, puis il boit son punch d'un seul coup, demande une carafe d'eau et allume un cigare.

Ils reprennent un deuxième, un troisième punch, et le coup de l'étrier jusqu'à la « prochaine ».

— Cher, ne partez pas encore, dit compère Lapin ; venez visiter ma propriété de bananes.

Compère Lapin fait de telle sorte qu'il retient compère Mouton jusqu'au soir, et l'invite à dîner.

— Compère Mouton, ce serait me faire affront que de ne pas accepter un dîner fort apprécié : ragoût de petits macicis au cochon pimenté, confiture de barbadine.

Compère Mouton se laisse tenter. La nuit arrive, une nuit claire, pleine d'étoiles.

— Cher, faites-moi le plaisir de rester, suggère compère Lapin. Tout à l'heure, vous allez faire de vilaines rencontres de « zombis » !

« Et puis, vous verrez ma petite capresse ! Vous la verrez demain matin. C'est elle qui me porte mon café au lit.

« I totille com' an sèpent » (elle est souple comme un serpent).

Quand elle entre, c'est du soleil tout bonnement. Elle rit : quia, quia, quia. »

Compère Mouton se laisse faire.

Avant d'aller au lit, ils prennent un « vatencoucher » (breuvage de rhum), et Lapin est plein de prévenances pour son ami Mouton. Il l'encapuchonne avec sollicitude, lui donnant un bonnet de coton raide d'empois, pour le préserver des moustiques.

Compère Mouton partage la chambre de compère Lapin.

Le lendemain, on frappe à la porte : to, to, to.

C'est compère Léphant qui porte le café sur un plateau d'argent.

— Mouton ! Mouton ! lévez, crie compère Lapin, mi tit capresse là (mouton, mouton ! lève-toi, voici la petite capresse).

Mouton, les yeux doux comme du « gros sirop », va ouvrir.

Compère Léphant, dans le noir, allonge la main, et pan !... lance un « papa soufflett »... La cervelle de Mouton voltige jusqu'au plafond.

Compère Lapin, heureux comme un bossu qui a perdu sa bosse, s'enfonce sous ses couvertures et fait le mort.

Mais le problème n'est pas résolu.

À la grande stupéfaction de compère Léphant, compère Lapin est encore en vie. Et de nouveau, le tour de Lapin d'être souffleté par Léphant revient automatiquement.

Compère Lapin est bien inquiet. Il se promène néanmoins, l'air guilleret, sa badine à la main, cherchant de nouvelles dupes. Il ne rencontre personne ! Ah ! enfin ! voici Macaque, qui arrive la queue sous le bras, le croupion nu comme le genou d'une vieille dévote.

Compère Lapin l'invite à prendre un punch. Macaque accepte : quel rhum !

Compère Lapin l'invite à dîner. On sent une bonne odeur de « ciriques » (écrevisses) et quel parfum de christophines au gratin ! Et puis, à l'idée de voir la jolie porteuse de café dont compère Lapin lui a fait une telle description, Macaque reste à coucher. Pensez ! « Elle est belle comme une statue, elle sent le vétiver, sa peau est comme de la soie, et quand elle chante, on rêve à des pays merveilleux. »

Avant de s'endormir, compère Lapin lui cache soigneusement la tête dans un bonnet contre les moustiques, mais Macaque, frileux, ne peut se contenter d'un drap, selon la coutume antillaise, et il réclame une chaude couverture de laine !

Le lendemain, on frappe à la porte : to, to, to...

« Macaque ! lévez ! dit compère Lapin, mi tit capresse là » (Macaque, lève-toi, voici la petite capresse).

Compère Macaque s'enfonce sous les couvertures.

« To, to, to », fait Léphant plus fort.

« Macaque, compère, aille bo tit mamaille là » (Macaque, compère, va embrasser cette enfant).

Mais compère Macaque fait le mort, d'autant plus que les to, to, to, se font nerveux, précipités, violents.

Compère Lapin ne bouge pas...

Compère Léphant enfonce la porte et entre.

Macaque surgit de dessous sa couverture, saute sur le dos de Léphant, s'accroche au chambranle de la porte et une, deux, prend la fuite.

Compère Lapin reste seul avec Léphant. Lapin saute à terre. Il était temps ! car compère Léphant, croyant Lapin dans son lit, cherche dans les draps.

Compère Lapin veut fuir, mais Léphant est tellement gros, qu'il barre la sortie.

Compère Lapin s'enfonce sous le lit, et serre les fesses. Léphant, ne trouvant pas Lapin dans le lit, cherche dessous. Ce faisant il débloque la sortie. Mais Lapin n'a pas le temps de fuir, compère Léphant lui a saisi une patte !

« Je suis mort », pense Lapin, sans y croire tout à fait. Car Lapin est malin. Et il se met à rire :

— Léphant, tu crois tenir ma patte, mais tu tiens en réalité le pied du lit, de mon petit lit-cage en fer.

Alors Léphant, comme un grand benêt, lâche la patte de Lapin, qui se sauve...

Tous les gens du pitt se moquèrent de Léphant.

Le coq game de Léphant fut disqualifié ! Il fut jugé perdant.

Et Léphant quitta les Antilles pour ne plus revenir.

XXIV

ENCORE UN TOUR DE COMPÈRE LAPIN

OMPÈRE Lapin, té ka cheché badiné tig' (compère Lapin cherchait à jouer un bon tour à Tigre).

On était à la saison de l'hivernage, saison des pluies, aux Antilles, saison des cyclones.

Le soleil pesait lourdement sur la terre. La mer brillait comme un lac de mercure. Les bœufs se cachaient sous les campèches, les oiseaux marins sous les palétuviers, les poules s'empilaient sous les « bois », cherchant de la fraîcheur, les « cochons planches » et les « cochons barriques » s'allongeaient à l'ombre, affalés, comme des masses, les uns sur les autres. Pas un souffle d'air !

Compère Lapin, sa corde de mahot cousin sur le dos, gravissait le morne, tout en sifflant, les deux mains dans les poches, comme « an matadore » (un grand seigneur). Cependant, il semblait pressé.

Il rencontra Tigre. Compère Tigre sarclait un champ de manioc en compagnie de sa femme, assez loin de sa case.

— Eh ! compère Lapin, tu es donc si pressé que tu ne prends même pas le temps de me dire « an tit bonjou » ? cria Tigre à compère Lapin.

— N'en doute pas, mon cher, je me dépêche « com' si Diab té dans kiou moins » (comme si j'avais le Diable au derrière). Je cours mettre mes bagages, ma femme, mes enfants à l'abri. Si ça se trouve, ma femme ne se doute de rien : « i tranquille com' Baptiste, ka balconné ! » (elle est tranquille comme Baptiste, à prendre l'air sur le balcon). Et, Dieu sauve « la mesur' » (que Dieu nous protège), mais la Mort est en chemin.

— Qu'est-ce que tu dis là ? répondit Tigre. Il n'a jamais fait si beau temps !

— Justement, gémit Lapin, « la pli belle en bas la baille » (le plus terrible est caché). La pluie salée est tombée ce matin, annonciatrice d'ouragan ; les petits oiseaux sont déjà arrivés, exténués. Ils ont couru plus vite que le vent, et sont tombés morts devant les cases, dans les savanes.

Le cyclone est en route... Il vient de Cristobal ! Il sera ici tout à l'heure. Il sera ici quand tu verras s'envoler l'éolienne qui est là-bas. Il va remuer la mer et enverra en l'air tous les pêcheurs, tous les bateaux, tous les poissons.

La mer va monter jusqu'à trente et cinquante mètres de hauteur, avec des vagues sauvages et qui hurleront. Sur terre, « toutes tit pieds bois, toutes z'hèbes » (tous les arbres, toutes les herbes) seront arrachés. Le ventre du Diable s'ouvre pour laisser souffler le vent.

« En temps moins té tit garçon », mon papa m'a raconté un cyclone dont il fut témoin.

Les palmiers et les cocotiers avaient été décapités et leur tronc n'offrant pas de prise au vent étaient restés debout comme des stèles mortuaires. Les arbres luttaient avec le vent et même les plus gros étaient déracinés. Une femme blanche fut prise par les branches d'un tamarinier. Elles l'élevaient et la balançaient dans les airs, la tenant par ses longs cheveux déroulés. Les cris des animaux se mêlaient à ceux du tonnerre, du vent, de l'eau. Les tôles volaient comme des plumes et scalpaient les gens qui étaient dehors.

La malédiction tombait du ciel.

Mais je n'ai pas le temps de bavarder ; il faut que je me dépêche d'aller clouer portes et fenêtres. Papa Ogoué a envoyé le vent ! Nous n'aurons pas le temps de courir jusqu'à la case à vent de compère Léphant. Aussi, je vais amarrer ma femme et mes enfants avec cette corde de mahot au grand tamarinier de la cour, celui dont les racines vont jusque sous la case, jusqu'à la montagne, jusqu'à la mer, et qui résistera à papa Ogoué. Baille baille (bonsoir), compère Tigre !

Compère Tigre posa son mayoumbé, et se jetant à genoux aux pieds de Lapin lui dit :

— Avant de partir, compère, sauve-nous la vie ! Attache-moi, attache ma femme au grand sablier aussi fort que papa Ogoué !

C'est cela qu'attendait Lapin !

En deux temps, trois mouvements, il ligota compère Tigre et sa femme.

Et sifflotant de plus belle, il disparut à toute allure.

Il alla droit à la case de compère Tigre, dont la porte était ouverte et tranquillement commença à le dévaliser.

Il fit main basse sur tout ce qu'il trouva : farine de manioc, ignames, tafia, morue, sucre. Il emporta la pipe de compère Tigre, sa blague à tabac, le collier « graines d'or » de Madame Tigre et, son sac sur le dos, il reprit gaillardement le chemin de sa case.

Une averse, drue comme un jet de pierres, était tombée. Elle avait transpercé jusqu'aux os de compère Tigre et sa femme.

Le ciel était redevenu bleu. Alors, les pauvres prisonniers se mirent à appeler au secours : « ouélélé ! ouélélé ! ».

Compère Léphant, qui passait par là, entendit ces appels. Il accourut... Il vit compère Tigre ficelé, sa femme amarrée, comme des saucissons au tronc du sablier, dos à dos, dégoulinants de pluie. Il les dégagea.

— Ça vaut bien un petit feu (un petit punch), dit-il, et il sortit sa calebasse pleine de tafia.

Il riait de si bon cœur que sa bouche ressemblait à un grand corridor noir, et que Madame Tigre, vexée, regardait loin, très loin, par-delà l'horizon, pour ne pas le voir.

XXV

COMPÈRE LAPIN ET COMPÈRE TIGRE

L y avait une fois un bon « béké » qui habitait sur une habitation où coulait une belle source. De l'eau claire comme du cristal ! Pas un seul maringouin dedans !

Tous les soirs, c'était une procession de femmes, d'enfants, qui, chargés de calebasses, allaient quérir de l'eau à la source. Jusqu'aux gens du bourg qui y venaient aussi.

Quand il faisait grand vent, il fallait entendre le bruit que faisaient les calebasses : cela roucoulait comme des animaux sur la tête de ceux qui les portaient.

Pendant le carême (la saison sèche), c'était bien pis ! Sans compter que c'est là que les animaux venaient boire.

Tout cela était trop beau pour durer. Car il y a des jaloux.

« Jaloux ? c'est nation qui maudit » (les jaloux sont une race maudite). Le jaloux est toujours triste, toujours renfrogné, toujours prêt à mordre, « ka gonflé majolle yo, com' zandoli en colè, guiole épais, en quête gros sirop défunt » (gonflant les bajoues comme un lézard en colère, la gueule épaisse en quête de flatteries défuntes).

« Ka roulé z'yeux com' manicou qui vouè chien » (roulant des yeux comme le manicou qui voit le chien). Jamais content de rien, envieux de tout, même de ce qui ne peut lui servir.

Pour lors, un jour que le béké était assis devant sa porte fumant son cigare, il aperçut une foule assemblée autour de la source, et toutes les calebasses rangées et ça parlait, ça parlait !

— Lapoquiotte ! Lapoquiotte ! mon fils, viens ici, cria le « béké », que vois-tu près de la source ?

— Moins ka vouè, maît', haut com' ça moune assemblé bod la souce, ka palé, ka palé... (moi je vois, maître, quantité de gens assemblés au bord de la source, et qui parlent, qui parlent...) comme le petit oiseau quand il voit le serpent.

— Eh bien ! mon fils, reste ici surveiller la maison. Je vais aller voir ce qui se passe en bas. Appelle Tit Sonson, fais seller Coquette et amène-la ici.

Et voilà Monsieur à cheval, galopant : blakata, blakata... En un moment, il est près de la source. Et que voit-il ? Tous ces gens, leurs calebasses vides, regardant des tas de crottes (sauf votre respect !) autour de la source.

Vous savez si les nègres ont peur des crottes !

N'écoutant que son bon cœur, le « béké » fit chercher deux vieux coolies, et moyennant deux « couis » (demi-calebasses) de tafia, leur fit nettoyer la source.

Cela fait, chacun remplit sa calebasse et retourna à sa case.

Le lendemain, ce fut la même chose. Et les jours suivants, même affaire.

Le « béké » dit :

— C'est trop fort ! Il faut que j'attrape ce malpropre qui vient salir la source. (« Ka vini tous les jou, fait fonction li dans l'eau. »)

Le lendemain, avant le lever des oiseaux, le « béké » fit saigner tous les arbres à pain de l'habitation, ramassa la glu qu'il put trouver et fit un grand bonhomme de glu. Il lui mit des yeux avec des graines rouges, et le posa assis sur le bord de la source, une assiette pleine d'acras de morue (croquettes de morue) à la main.

« Jou poquo té ouvè » (le jour n'était pas encore levé), avant aucun animal, compère Lapin arriva. (Vous savez comme Lapin est matinal !)

Il arriva pour faire ses « fonctions » dans l'eau. Parce que, vous l'avez deviné, c'est lui-même qui faisait les malpropretés.

« I té bien foubain ! » (cela lui était bien égal) de salir la source, parce que, vous le savez, les lapins ne boivent pas d'eau. Mais il était jaloux de voir que les autres profitaient de cette eau et pas lui !

Sitôt arrivé, la première chose qu'il vit, ce fut le bonhomme de glu, avec l'assiette d'acras dans la main.

Quand Lapin eut fini de faire ses fonctions, il commença à causer avec le bonhomme de « gli » qu'il prenait pour un homme véritable. « Ka essayé passé li gros sirop pou trapper ti brin z'acras » (essayant de le flatter pour attraper un peu d'acras).

— Bonjou, camarade, ou bien à bonne heur' jodi a.

« Mais que vois-je dans ta main (Dieu me pardonne), c'est z'acras lan morie ! Foute yo ka senti bon ! Ti n'a pas oublié d'y mettr' li piment. Ce n'est pas pou dir', mais si tu m'offrais un « z'acras », ci sirait pas di refis !

« Gadé si banc a ka réponde » (écoutez voir si le banc répond).

Missié Lapin commença à avoir chaud.

— Mais regadez donc li bougre qui me regade avec ses deux z'yeux rouges comme des piments mûrs, sans ouvrir la gueule. Tu es sourd, non ? sacré blémisse ! ou bien serais-tu safre ?

Ah ! oua ! pas de réponse.

Missié commence à piaffer. Il s'avance vers le bonhomme, la main levée.

« Est-ce ou vlé réponde, oui ou non ?...

« Tu ne veux pas répondre ? Eh bien ! mi pour to, pan ! »

« Li fou li gros soufflett' et pis lan main droite li. »

La main resta prise.

« Lagué moins, man ka dis ou » (lâchez-moi, vous dis-je !)

« Ou pas vlé ? Eh bien ! mi pou to, encô, pan ! »

« Li fou li an soufflett' et pis lan main gauche. »

La main gauche resta prise.

« Missié enragé », la colère l'aveugle. Il donne des coups de pied l'un après l'autre. Les deux pieds restent pris.

Il donne un coup de tête, la tête reste prise.

Pour finir, il réunit toutes ses forces dans son ventre et il donne un coup de ventre : « an coup boudin ».

Le ventre reste pris.

Lapin commence à avoir peur, maintenant que sa colère est tombée. Il tremble comme une feuille dans le bois. Il se rend compte qu'il est tombé dans « an z'attrape » (un piège).

Pendant ce temps, le « béké », caché dans les halliers, regardait. Quand il vit que le bougre de lapin était pris, il s'avança :

— Ah ! c'est to, tit maudit, qui salissais l'eau ; tu

ne bois pas, tu es jaloux de voir que les autres boivent, attends un peu !

Il attrape Missié, le hale vers un gros arbre, prend un paquet de cordes qu'il avait apportées avec lui, amarre compère Lapin solidement et lui dit :

— Ti siras pini par où ti as péché ! Tout ce que je peux te dire, c'est de bien serrer tes fesses. Je vais à la case chercher un fer chaud.

Et le « béké » partit, laissant Lapin ligoté.

Lapin, qui n'était pas un sot, se rendit compte de la situation.

Il se mit à « râler » : « Il météé rhéler derhô : ouaille ! ouaille ! Bon dié, padon ! je ne le ferai plus ! I rhélé, i rhélé », jusqu'à ce qu'un tigre, passant par là, s'approcha et lui dit :

— Ça ou ti ni, mon frère, ou ka rhélé com' ça ?

— Ce que j'ai ? ti ni vois pas, non ?

Voilà ce qui s'est passé. Je longeais la « pièce de choux pommes » du béké. J'avais faim. Je suis tombé dedans pour manger. Mais voilà, le béké avait tendu un piège. « Moins pris cô moins » (je me suis pris le corps).

Quand le « béké » est arrivé, il m'a dit :

« C'est to qui ka mangé chou moins a. »

J'ai répondu : « Non, béké, c'est pas moi. Je passais seulement, ma patte s'est prise dans l'attrape. »

— Ah ! tu ne faisais que passer ! eh bien ! viens ici que je t'amarre afin que tu ne puisses m'échapper. Pour ta punition, je vais prendre dans mon troupeau le plus beau petit veau que je puisse trouver. Si tu ne le manges pas tout entier, sans laisser un seul os, c'est gare à toi ! Tu sais, compère : « c'est z'hèbe moins ka mangé » ; comment veux-tu que je mange un bœuf ?

Et Lapin se remit à « rhéler » : « ouaille ! ouaille... ».

Compère Tigre se mourait de rire. Il dit :

— Tu as peur pour ça ? Pas pléré, mon fils. Ce n'est rien. Je vais te défaire et tu m'attacheras à ta place. On verra après.

Compère Tigre démarra le lapin et lui-même se mit sur les pattes de derrière, les deux autres en l'air, pour mieux embrasser l'arbre, pour que Lapin l'attache.

Missié Lapin l'amarra comme un crabe.

Quand il vit compère Tigre bien amarré, ne pouvant s'échapper, il se mit à rire : quia, quia, quia...

« Adié, bon compè, tout ça man pé dit ou, c'est sérré la queue bien fô ! » (adieu, bon compère, tout ce que je peux te dire, c'est de serrer ta queue bien fort) et « li foucamp, floupe ! » dans les halliers.

Quand le « béké » revint avec son fer rouge, il vit compère Tigre bien amarré à la place de compère Lapin. De saisissement, ses deux bras lui tombèrent le long du corps.

— Qu'as-tu fait là, malheureux ?

Alors, compère Tigre raconta ce que compère Lapin avait dit.

Le « béké » lui répondit :

— C'est tant pis pour toi. Tu as péché par gourmandise, tu as pris la place de compère Lapin, tu prendras ce qui lui revient.

Et il lui passa le fer rouge sous la queue, là où vous pensez, jusqu'à ce que compère Tigre tombât mort à terre : bô !

Il fut puni de sa gourmandise, car c'est bien vilain d'être gourmand.

XXVI

LA BALEINE TROPICALE

N bâtiment voguait dans les Caraïbes. L'air était tiède, la mer violet et rose. Des petits nuages blancs erraient comme un long vol d'oiseaux. Le vent soufflait « en doucine ». Tout le monde riait à bord.

Le commandant était un « vieux Blanc ». Il avait fait le tour du monde. Le plus beau pays du monde, disait-il, c'est la Martinique, le « pays des revenants », car lui, il y était revenu.

Et il faisait le trafic Sainte-Lucie-Martinique. Le bâtiment transportait des marchandises. Exceptionnellement, il y avait à bord des passagers : un cooli et un Chinois.

Le cooli était un pauvre malheureux cooli : jambes fines, beaux yeux tristes et une grande barbe.

« I té ka passé cannal » (il passait le canal de Sainte-Lucie) avec un banc, une table, un panier d'oranges.

Le Chinois avait un petit air féroce et placide. Il

portait une longue natte. Et c'est dans cette natte qu'il cachait l'opium passé en contrebande, et l'or, et tout ce qui pouvait rapporter des bénéfices.

Le bâtiment voguait donc voiles au vent. Des poissons volaient, dansaient dans l'air en courbes gracieuses et replongeaient.

Le petit mousse regardait la mer, et il aurait bien voulu voir « maman d'l'eau » (une sirène).

On lui avait raconté que « maman d'l'eau » était une belle femme avec une queue de poisson, de longs cheveux jaunes et des yeux couleur de l'eau de mer.

Il l'attendait...

Un jour qu'il était à l'arrière, en train d'amarrer des cordages, mais l'œil toujours aux aguets par-dessus les vagues, il vit, émergeant des flots, non pas une « maman d'l'eau » mais une « maman Baleine », grosse comme une montagne.

Il cria : « a moué ! »

La baleine donna un grand coup de queue ; le bâtiment pencha, vlan, à tribord. L'eau arriva à ras du pont. Le commandant, le second, le quartier-maître, les matelots, tout le monde fut sur le pont pour rétablir l'équilibre.

Alors, ils regardèrent, et ils virent la baleine, la baleine qui se promenait tout autour du bâtiment. Elle battait des nageoires. Elle battait de la queue. Elle allait, elle virait, elle ouvrait la gueule comme un cratère. Elle avait faim, elle voulait manger.

On lui lança tout ce qui se trouvait sous la main ; du pain, du vieux cuir, du tafia, un « galoon » de rhum, un barriquet de harengs saurs, des fruits à pain.

Vloupe ! tout disparut dans sa gueule, volatilisé !

La baleine claquait des mâchoires ; cela n'avait servi qu'à lui ouvrir l'appétit.

Elle faisait un tel remous autour du bateau que

celui-ci dansait comme s'il avait été au-dessus d'un volcan. Il tanguait, roulait. L'équipage tombait, se relevait.

— Nous allons tous périr, dit un marin.

— Tirons du canon, suggéra le second.

On descendit les voiles. On tira du canon.

La baleine, au lieu de s'éloigner, chercha refuge contre le bâtiment.

On prit le banc du cooli, on le lui lança. Le banc disparut.

On lança la table. La table disparut.

On lança le panier d'oranges. Le panier d'oranges disparut.

La « maman baleine » semblait satisfaite. Elle flottait. Mais bientôt elle reprit de plus belle ses ébats mouvementés. Elle avait acquis de la vigueur.

Le bâtiment s'enfonça dans le creux d'une vague comme dans un abîme. Il se percha au faîte d'une autre vague comme pour toucher le ciel.

Que faire ?

Le commandant regarda le cooli. Le cooli pressentit, le cooli devina, le cooli comprit. Il tomba à genoux :

— Mouché li commandant, pas moins, pas moins, chè, sou plaît, gadé com' moins maig' pas voyé moins lan mè (Monsieur le Commandant, pas moi, cher, pas moi, regardez comme je suis maigre, ne m'envoyez pas à la mer).

Le commandant saisit le cooli et le lança par-dessus bord :

« Mon Dieu, pardonnez-moi ! »

Le vieux cooli plana une seconde comme un cerf-volant, sa barbe s'ouvrit en éventail, et puis, vloupe ! il entra tout entier dans la gueule de la baleine !

Le cooli trop maigre ne suffisait pas. La baleine dansait de plus belle. Chacun se regarda.

Le Chinois était impassible. Mais de ses deux petits yeux noirs, il fixait le commandant, comme un serpent fixe un oiseau.

Le commandant eut froid dans le dos. Il hésitait. Mais le bâtiment fit un bond et retomba avec un craquement sinistre, aussi sinistre que celui des bambous, à l'heure de minuit, quand passe Satan. Et cela décida du sort du pauvre Chinois.

Le commandant, aidé du second, saisit le Chinois et le lança par-dessus bord comme une balle de coton.

Le Chinois tomba, floupe ! sa grande natte au vent, dans la gueule de la baleine.

La baleine, subitement assagie, se reposait sur l'eau comme une grande bouée. Elle dormait presque. Alors, on la harponna. C'était facile ! Le sang coula dans la mer. La mer devint rouge. Il faisait chaud ; les matelots haletaient, le ciel devenait sobre. Un éclair aveuglant fendit l'air. Les nuages crevèrent. Le ciel redevint bleu lavande, les alizés soufflèrent.

— Larguez les voiles, cria le commandant.

Voiles gonflées de brise, le bâtiment fila...

Ils arrivèrent à Sainte-Lucie. Ils n'étaient pas sitôt ancrés, que la baleine fut amenée sur le sable. On la fendit en deux, et l'on vit :

Le Chinois qui avait pris la place du cooli. Il était assis sur le petit banc, devant la table et le panier d'oranges, et il disait au cooli qui lui demandait une orange :

— Non ! pas deux sous ! trois... et tu me donnes ta culotte en gage !

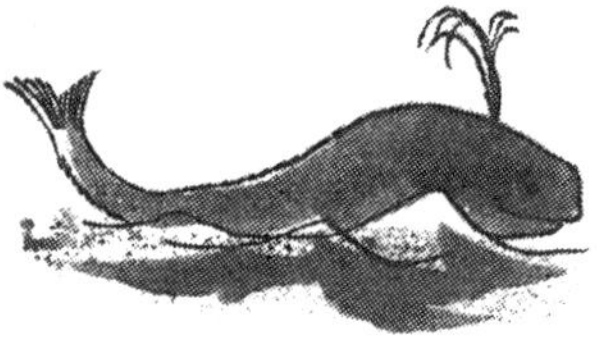

XXVII

LES AMOURS DE THÉZIN ET DE ZILIA

Conte haïtien

UNE fille de Ménélas, Zilia, faisait, en ce temps-là, beaucoup parler d'elle. Elle enlevait le sommeil à tous les jeunes hommes du village. Et son charmant visage était de ceux qu'on ne voit que rarement, très rarement. De tels êtres naissent seulement dans l'imagination des poètes et sous le pinceau des peintres.

Tous les hommes étaient littéralement fous d'amour. Zilia exerçait sur les êtres, les choses et aussi les bêtes un puissant empire. C'est ainsi que Thézin, un joli poisson argenté, devint amoureux d'elle. Certain jour, il n'hésita point à déclarer ses tendres sentiments à la belle Zilia. Le poisson fit tant et si bien qu'il réussit à se faire aimer de la fille des collines.

Thézin et son amante se donnaient rendez-vous

au petit jour au bord de la rivière, et le babil mélodieux de l'eau composait alors à leur intention ces soupçons de chansons qui valent les plus beaux poèmes. À l'heure où personne ne songeait à se trouver au bord de l'eau, Zilia et Thézin, seuls, se livraient à mille de ces menus ébats dont les amoureux sont prodigues.

Au cours de la journée, la fille de Ménélas trouvait toujours un prétexte pour rendre visite à l'amant de son cœur.

Tout se passait ainsi, lorsqu'un jour une malheureuse circonstance vint tout gâter.

Thézin, on ne sait pas trop pour quelle raison, s'amusait à troubler l'eau. Naturellement, après avoir laissé à Zilia le temps de remplir sa calebasse et une jarre. C'est ainsi qu'après chaque visite de la jeune fille, l'eau de la rivière devenait boueuse. Le petit Jean, le frère de Zilia, n'arrivait jamais à trouver de l'eau claire.

Ce phénomène faisait l'objet de mille racontars chez Ménélas. Ne sachant à quoi l'attribuer, on disait que Jean était un mauvais garnement. Quand cela arrivait, Ménélas ne manquait jamais d'administrer une bonne raclée au jeune garçon. Quant à la belle Zilia, elle apportait toujours de l'eau claire comme du cristal.

Le pauvre Jean ne savait que faire pour échapper à ce supplice. Toutes les fois qu'il manifestait le désir d'accompagner sa sœur, celle-ci s'y opposait et s'en allait à la dérobée.

Un après-midi, Jean suivit Zilia. Ce jour-là, la fille de Ménélas se fit plus belle que d'habitude, pour aller à son rendez-vous d'amour.

Arrivée au bord de la rivière, Zilia chanta langoureusement :

« Thézin, mon bel ami, me voici,
Thézin, me voici... »

Doucement, Jean se dissimula derrière un tronc d'arbre pour voir celui que sa sœur appelait si tendrement. Pas besoin de vous dire combien Jean fut étonné de voir le poisson nager dans la direction de la grosse pierre sur laquelle était assise sa sœur. Notez que la pierre se trouvait dans un petit bassin dissimulé presque par une branche... Comme on voit, rien de plus propice aux épanchements.

Jean s'éloigna vite et raconta tout à son père, qui eut toutes les peines du monde à s'y reconnaître dans cette étrange histoire.

Toutefois, le vieux Ménélas n'était pas incrédule. Pourquoi le serait-il, lui qui était au courant de mille histoires de « Simbi » et de « Maîtresse d'l'eau » (divinités afro-haïtiennes) ?

Sans tarder, le père de Zilia prit le chemin de la rivière. Il avait à peine fait quelques pas qu'il rencontra sa fille, sa calebasse posée sur la tête.

— Où vas-tu, papa ? dit-elle « gentillement ».

— Ton absence prolongée m'inquiétait. C'est pourquoi je suis venu à ta rencontre, répondit Ménélas.

Celui-ci fit dévier la conversation sur des sujets de moindre importance et rentra chez lui.

Le lendemain, au petit jour, Zilia, comme d'habitude, rendit une visite à son cher Thézin. Ce dernier lui fit cette terrible prédiction : « Ce midi, tu seras en ville, n'est-ce pas ? Dès que tu verras trois taches de sang sur ta robe blanche, tu sauras que Thézin n'est plus. »

La gracieuse Zilia ne put contenir ses larmes. Elle pleura désespérément.

La fille de Ménélas mourait de chagrin. Elle sentait une sensation de froid dans son cœur et mille idées noires trottaient dans son esprit. Son cœur battait plus fort que d'habitude. C'était son tour d'aller vendre les légumes au marché.

Elle pleura amèrement en laissant le village.

À midi Ménélas, accompagné de Jean, se rendit au bord de la rivière. Imitant la voix langoureuse de sa sœur, Jean chanta :

« Thézin, mon bel ami, me voici,
Thézin, Thézin me voici... »

Thézin ne tomba point dans ce piège grossier. Mais il avait à qui parler. Ménélas, pour qui les recettes magiques des vieux dieux de Guinée n'avaient point de secret, prononça quelques mots cabalistiques. Contraint par une force surnaturelle, Thézin vint de lui-même présenter ses flancs au sabre de Ménélas.

L'eau de la rivière en devint d'un rouge écarlate.

À la même heure, Zilia put voir trois taches de sang sur sa robe blanche. Elle avait déjà vendu tous ses légumes. Elle s'empressa donc de gagner son village et la rivière, qui avait assisté à ses inoubliables idylles.

Elle chanta plusieurs fois, mais ce fut en vain.

Autour de la rivière, les arbustes avaient pris un aspect funèbre.

Plus morte que vive, la petite Zilia dont le cœur était dépeuplé, prit une chaise et s'assit derrière la maison de Ménélas. Depuis des heures et des heures, elle chantait désespérément et disparaissait sous terre avec la chaise sur laquelle elle était assise.

Quand Ménélas apparut derrière la maison, il ne put tenir qu'une mèche de la longue chevelure de Zilia.

Une fois de plus, l'amour, le vrai, triomphait de tous les obstacles... Par-delà le tombeau, faisant la nique à la mort, Zilia et le Poisson argenté Thézin prolongent leur idylle jusqu'aux limites infinies du bonheur.

XXVIII

TÉLISFORT

Conte haïtien

N homme tout de bon que ce Télisfort ; ivrogne de profession, gredin de la pire espèce, voleur, criminel, mais d'une bravoure légendaire. C'était la terreur de la région. Il domestiquait tout le monde. Personne n'osait se mesurer à ce colosse.

Toutes les tentatives de terrasser cette force aveugle de la nature avaient piteusement échoué.

Télisfort tenait de la Bête, du Diable et de l'Homme. Un véritable monstre, un vrai paquet de nerfs et d'instincts. Avec cela, des manières rudes. Il n'avait d'égards ni pour les biens ni pour la vie des gens.

Ses vols, ses assassinats ne se comptaient plus. Il était vraiment désespérant et désolait la région. Ce qui est plus grave, on n'osait pas l'accuser ouvertement. C'est au tuyau de l'oreille — après s'être prudemment assuré que Télisfort n'était pas tout près —

qu'on se lamentait sur ses méfaits. Le bétail, la récolte, la volaille étaient littéralement décimés par cet insatiable fléau. Ceux qui osaient se formaliser payaient cette insolence de leur vie. Jamais homme n'eut plus de crimes à son actif. En outre, les maléfices de Télisfort ne pardonnaient point. On rapporte qu'il pouvait à volonté tuer quelqu'un en poignardant son âme tenue prisonnière dans une terrine. Et mille choses plus étranges encore.

Tonton Boute, un manchot, disait pourtant sur un ton prophétique : « nan point la priè qui pas gain amen » (il n'est point de prière qui n'ait un amen).

En effet, un jour, la nouvelle de la mort de Télisfort vint donner raison à Tonton Boute. Ce fut une immense clameur de joie sur toute l'étendue de la région. On pouvait enfin respirer.

Un sacripant et un bandit du calibre de Télisfort alla droit en enfer après sa mort. Lorsqu'il y arriva, il s'empressa de se procurer des dés à jouer, un jeu de cartes, quelques paires de coqs de bataille, et un tambour. Et à longueur de journée, Télisfort battait du tambour et portait les habitants de l'enfer à dissiper leur temps. Quand il s'armait de son tambour et de ses baguettes, tous les diables et leurs suppôts faisaient un vacarme assourdissant aux enfers. Alors l'alcool faisait tourner la tête de tout un chacun.

Depuis que l'enfer avait reçu cet hôte encombrant, les vols se multipliaient et aussi les assassinats. L'oisiveté était devenue la règle. Ce n'étaient que combats de coqs et querelles sanglantes. Un matin, le gardien de l'enfer trouva sous son lit une poule noire décapitée avec une croix bleu indigo sur la poitrine, des grains de maïs et de pistaches grillées. Ce matin-là, le gardien fut cloué au lit par des douleurs atroces qui lui paralysèrent les membres. Le maléficié dénonça l'auteur du « ouanga » (maléfice), qui n'était autre que l'incorrigible Télisfort.

Les diables et les habitants de l'enfer décidèrent d'un commun accord de chasser Télisfort, dont les malédictions et les méfaits terrifiaient la gent infernale. Télisfort fut donc précipité sur la terre. Il retourna chez lui, un soir. Le lendemain, la nouvelle de son retour provoqua une vraie panique dans tout le pays que ce monstre habitait.

À en croire la légende, les habitants, effrayés, désertèrent plutôt que de vivre sous la férule de ce bandit vomi par l'enfer.

Depuis lors, le pays qu'habitait Télisfort est désert. Ce n'est que fort tard après, que l'irréductible Télisfort, fléau des hommes et des diables, mourut pour de bon.

XXIX

MARIE-CATHERINE

ONTE inspiré du volcan, d'après une relation d'exploration d'un témoin. Les passagers de la frégate passant au large de Saint-Pierre virent la montagne en feu, et la ville et la rade ne furent plus qu'un brasier.

Les poissons dans l'eau, les oiseaux dans le ciel, les gens sur la terre, tout cela avait cessé de vivre.

Marie-Catherine, passager à bord de *L'Espérance*, venait de perdre à la fois sa famille et sa fortune, dans l'éruption du Mont Pelé, à la Martinique, le 8 mai 1902.

Au mois de juillet de la même année, il entreprenait un pèlerinage vers les lieux maudits.

Il marche... Pas une âme vivante. La route a disparu. Tout n'est que débris, cendres, tôle brûlée, arbres à demi calcinés. Les métaux eux-mêmes ont fondu. L'enfer a passé sur terre.

Voici où fut sa demeure, sa riche demeure toute en murs, peinte en jaune clair, avec des meubles lourds en bois des isles, de la vaisselle d'argent, des objets d'art datant des flibustiers.

Dans un coin, deux crânes sur un petit tas d'os : ses enfants.

Marie-Catherine fuit...

Il veut voir de près ce terrible volcan, voir ce qu'il a dans le ventre, lui crier sa haine et son désespoir.

Le voici au pied de la montagne de feu.

Devant lui, s'étend une vaste savane de pouzzolane, comme un tapis. Il marche dedans, lentement. Parfois un trou profond lui barre la route. Il le contourne, côtoyant des bombes volcaniques qui ont éclaté.

Il est à mi-chemin du cratère. La montée augmente.

Marie-Catherine longe un précipice bordé de tiges de bois brûlé. Il piétine la terre calcinée. Il atteint le roc et le tuf. Il est au faîte de la montagne, à 1 100 mètres d'altitude. Le sentier est étroit, les cendres gluantes. S'il glisse d'un côté ou de l'autre, il est perdu.

Le silence est total.

Tout à coup un homme surgit. D'où vient-il ?

Et malgré le péril du lieu, cet homme parle... Il offre à Marie-Catherine la gloire et la fortune en échange de son âme.

Marie-Catherine comprend qu'il a affaire au Diable ! Au Diable qui, après sa mort, viendrait enlever son corps damné.

Marie-Catherine se tait... Ils montent ensemble l'un derrière l'autre, le Diable devant...

Ils sont maintenant sur le bord même du cratère. Ils marchent à quatre pattes sur la cendre tiède, entourés de brouillards.

Le cratère est là, béant, comme une colossale marmite, d'où s'échappe de la fumée. À une éclaircie, Marie-Catherine voit le Diable à ses côtés, le Diable qui rit d'un petit rire de chien.

Et en face, l'autre base du cratère, rouge comme l'intérieur d'un four surchauffé. Une odeur de poudre et de pierre à fusil s'en échappe.

Marie-Catherine se sent attiré par le gouffre. Un vent violent veut l'y pousser. Il se laisse choir par terre. Il s'étend à plat ventre. Le Diable ricane...

Et ce vent pousse du côté opposé les gaz asphyxiants du volcan.

Marie-Catherine s'accroche au roc, à ce monstre même : le Pelé. Ses mains saignent. Le tonnerre du ciel gronde. L'orage éclate.

Marie-Catherine se sent perdu. Il fait le signe de la croix. Alors le Diable disparaît dans l'enfer du cratère. Et parmi les éclairs, le vent, la pluie, Marie-Catherine se sent enlevé délicatement et transporté au pied de la montagne où l'éclaircie apparaît. Il est sur les lieux de sa demeure.

Sa femme est là, ses deux petits enfants, ressuscités. À leurs pieds une cassette en acajou est ouverte, remplie de pièces d'or et de pierres précieuses. Une goélette est dans la rade, qui les attend. Ils mettent les voiles sur Saint-Domingue.

On ne les a jamais revus.

XXX

LES TROIS FRÈRES

Brise-Montagne, Briser-Fer, Brise-Roche et la Bête à sept têtes

Conte haïtien

LES chroniques rapportent que, dans les temps immémoriaux, nous avons eu notre Hercule. C'est une révélation qui fera sourire nos historiens, « chasseurs de gibiers historiques et d'authenticités ». Pourtant, les prouesses de notre héros légendaire ne le cèdent en rien à celles du demi-dieu de la mythologie latine, fils de Jupiter et d'Alcmène. Ressemblance encore plus frappante entre les deux personnages fabuleux ; comme le dompteur de l'hydre de Lerne, notre Hercule tua à cette époque une Bête à sept têtes qui terrorisait la région.

En ce temps-là, une femme appelée tante Doune avait trois garçons : l'aîné Brise-Fer, le cadet Brise-Roche, et le benjamin Brise-Montagne.

Un matin, Brise-Fer et Brise-Roche accompagnèrent leur mère aux champs.

Le benjamin Brise-Montagne était resté seul à la maison. Sur le réchaud, une chaudière de pois et de riz bien épicé attendait avec impatience d'être servie à la maisonnée.

Brusquement, fait irruption dans la pièce qu'occupe Brise-Montagne la monstrueuse Bête à sept têtes.

De vieilles commères lui avaient déjà parlé de l'horrible bête, mais il avait toujours accueilli leurs naïfs propos d'un sourire sceptique et d'un ironique hochement de tête. Et pourtant, c'était vrai. La hideuse réalité était devant lui à portée de sa main.

Brise-Montagne s'entendit interpeller :

— Brise-Montagne, il me faut quelque chose à me mettre sous la dent.

Brise-Montagne répondit d'une voix douce qu'il n'avait rien, car la chaudière de riz, c'était la mangeaille de sa mère et de ses frères.

Une dispute violente s'ensuivit. La Bête à sept têtes eut naturellement le dessus. Brise-Montagne fut terrassé et littéralement amarré avec un des longs poils qui pendaient aux mentons de la Bête à sept têtes.

L'animal bondit sur la chaudière et, en deux coups de langue, il lapa tout le riz. Le pauvre Brise-Montagne dut assister impuissant, pieds et poings liés, à cette scène incroyable.

Au retour de la mère de Brise-Montagne et de ses frères, celui-ci n'avait pas encore réussi à briser son amarre. Ils le trouvèrent donc couché de tout son long, faisant des mouvements pour se délivrer.

La malheureuse victime raconta son émouvante

aventure. À dire vrai, on n'en fut pas étonné, car ce n'était un secret pour personne qu'une bête immonde hantait cette région depuis quelque temps et commettait les pires exactions.

Toutefois, le lendemain, Brise-Roche décida de rester à la maison pour mettre à la raison cette Bête à sept têtes. Brise-Montagne et Brise-Fer s'en allèrent donc aux champs avec leur mère.

À la même heure et dans les mêmes circonstances, la Bête se présenta. Brise-Roche voulut au prime abord être arrogant. Il éleva la voix, frappa des pieds, jura. Toutes ses protestations n'eurent pas la vertu d'effrayer la Bête, qui amarra Brise-Roche avec des longs poils qui lui pendaient aux mentons. Elle mangea ensuite la chaudière de riz.

En arrivant dans la soirée, la mère de Brise-Roche et ses frères constatèrent avec émotion qu'une seconde fois, la bête s'était piteusement jouée d'eux. Brise-Roche était honteux, car il avait solennellement juré de vaincre la Bête à sept têtes.

Brise-Fer prit la résolution de mettre de l'ordre à tout cela. Le lendemain, il refusa de laisser la maison. Sa mère et ses deux frères s'en allèrent donc aux champs.

À la vérité, Brise-Fer avait des inquiétudes, car ses deux frères, qui avaient été vaincus de si vilaine façon, n'étaient point des lâches. Il n'allait pas laisser un pouce de terrain au monstre.

Tandis qu'il faisait les cent pas devant la porte, la Bête à sept têtes se présenta et lui demanda à manger de manière bourrue. Brise-Fer refusa catégoriquement et sur un ton intransigeant.

Mais, au moment où la bête s'apprêtait à bondir sur lui pour rééditer l'infernale manœuvre, Brise-Fer s'arma d'une machette et lui assena autant de coups qu'il put. L'animal, blessé, dut prendre la fuite. Brise-

Fer le poursuivit. Harcelé, le monstre dut se terrer dans un trou profond.

Brise-Fer ne lui donna point quartier. Il s'entendit avec un inconnu qui l'aida à descendre dans un panier attaché au bout d'une corde très longue. Il put ainsi achever l'immonde bête. Mais au moment de sortir du trou, le vainqueur constata, le cœur serré, que l'inconnu qui l'avait aidé à descendre avait coupé la corde.

Dans son désespoir, Brise-Fer ne sut à quels dieux s'adresser. Pour son bonheur, il rencontra — notez-le bien — au fond du trou, un général qui lui promit de le faire monter à condition qu'il se laissât couper un bras. Dans la situation où il se trouvait, il n'avait pas à discuter. Brise-Fer donna donc de gaieté de cœur son bras gauche.

Pendant que Brise-Fer était sur le dos du général, celui-ci lui coupa le bras droit (avec son assentiment, naturellement). On continua l'escalade sans incident.

Après avoir déposé Brise-Fer au bord du trou, le général lui remit ses deux bras, qui reprirent leur place comme s'ils ne l'avaient jamais laissée. Pas besoin de vous dire combien notre héros était content. Il n'avait pas de mots pour remercier le trop obligeant général.

Brise-Fer se rendit à pas pressés chez le roi. Celui-ci l'accueillit avec tous les égards auxquels ont droit les bienfaiteurs de l'humanité : il avait débarrassé la région de la Bête à sept têtes, qui y semait la panique et l'horreur.

Brise-Fer identifia le sacripant qui avait coupé la corde. Celui-ci fut révoqué : il était cuisinier chez le roi.

Le roi récompensa le geste extraordinaire de Brise-Fer de la meilleure façon : il lui donna la main de sa fille et la moitié de sa fortune.

XXXI

ZAGRIGNAIN KIOU FAIT FIL

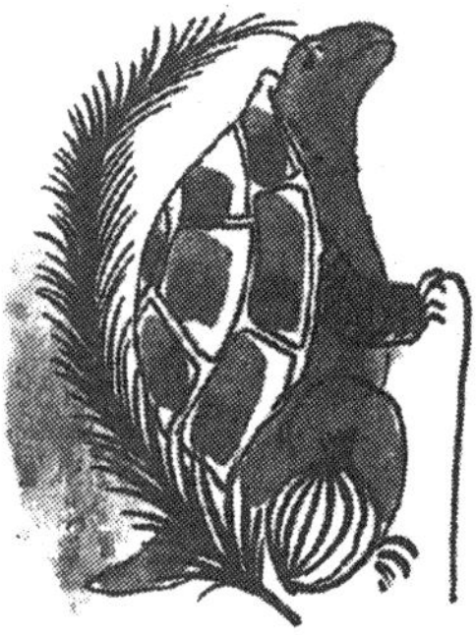

ONTE gens longtemps, par zandoli muraille. »

Le créole — comme le latin — brave l'honnêteté, mais honni soit qui mal y pense.

« Bon bonne fois,
Trois fois bel conte. »

Un jour, au temps où le grand saint Pierre était garde-champêtre au Marigot, l'esprit du Bon Dieu lui suggéra de donner un grand dîner au ciel. Aussitôt, il invita toutes les bêtes à « z'ailes » à y assister. C'était la première fois qu'on avait vu une chose pareille ; aussi vous parlez d'une affaire ! Chaque invité voulait paraître plus beau que tous les autres. On n'entendait parler que de cela sur les arbres, autour des nids...

— Es-tu invité au grand dîner, anh ?

— Mais oui, comment, pourquoi voudrais-tu que je ne sois pas invité ?

Les gros oiseaux trouvaient que le Bon Dieu était bien bon d'inviter colibri, cici z'hèbes, sucrier, mouche à miel, bête à feu, sophie counan (gros papillon de nuit). Mais toutes ces petites bêtes étaient bien contentes que le Bon Dieu ne les eût pas oubliées.

Naturellement, les bêtes à « z'ailes » seules avaient été invitées. Le Bon Dieu était assez grand pour comprendre que les autres bêtes ne pouvaient pas arriver jusqu'au ciel.

Du reste, elles le comprenaient elles-mêmes, et aucune n'était jalouse des bêtes à z'ailes.

Pourtant, lorsque je dis aucune, j'ai tort.

Compère Tortue était jaloux !

Il aurait même donné la peau de son ventre pour pouvoir monter là-haut. Mais c'est une bête vicieuse : elle cachait son jeu.

Elle commença par jouer le rôle d'invitée.

Lorsque compère Tortue rencontrait une bête à quatre pattes, il lui disait :

— Eh ! compère ! vous allez au grand dîner du Bon Dieu, anh ?

Et les autres répondaient :

— Sacré sott ! Comment veux-tu que nous montions là-haut ? Tu dois bien comprendre que le Bon Dieu ne peut pas nous inviter.

Et Tortue répondait :

— C'est drôle pourtant, mais il m'a invité.

Tous riaient : quia, quia, quia... Ils lui demandaient :

— Où sont tes ailes pour voler ?

Bref ! ils se moquaient de lui.

Compère Tortue ne disait rien, il cherchait le moyen de monter au ciel.

Le jour du grand dîner arriva. Depuis le « pipiri » (premier chant d'oiseau pipiri), toutes les bêtes à z'ailes commencèrent à se nettoyer le corps, s'arrachant les mauvaises plumes, se brossant les ailes, se mettant de la poudre de riz, « papillons té ka ciré z'ailes yo raide pou raide » (les papillons faisaient briller leurs ailes sans désemparer).

Une mouche brossait l'autre.

« Yo toutes té vent douvant » (tous prêts à partir dans le sens du vent).

Compère Tortue, qui voulait monter là-haut, commença par accoster les invités, ce matin-là. Il prit un petit air malheureux.

Pigeon le vit et lui demanda :

— Qu'as-tu comme cela, anh ? Tortue ?

Compère Tortue lui répondit :

— Que faire, mon cher, je suis triste, mais je dois supporter ma misère. Je lève de maladie. Je cherche ma subsistance.

— Tu étais malade ? compère. C'est donc pour cela que tu ne disais de mal de personne ces jours derniers ?

— Meillè c'est pou ça ou pas té ka filé langue ou assou pesonne ces jou passés a.

(Il faut que je vous dise que Tortue a la réputation d'un bougre malveillant, qui a toujours une méchanceté à dire sur quelqu'un. Il n'y a rien de plus mauvais qu'une personne jalouse !)

Néanmoins, Tortue prit une petite voix plaintive pour dire à Pigeon :

— Que dis-tu là, compère ? Je n'ai jamais dit de mal de personne. Tu sais bien que je suis un pauvre bougre. Justement, je comptais sur ton aide. Mais maintenant, je n'ose plus rien te demander. Je crains que tu ne sois mal disposé aujourd'hui.

Pigeon est une bonne petite bête. Elle fut touchée. Elle dit à Tortue :

— Compère, ce que je t'ai dit là, « c'est pou joué », par plaisanterie, oui ! Si je peux faire quelque chose pour toi, je ferai mon possible. Malheureusement, je ne suis pas riche.

— Ce n'est pas grand-chose non plus que je désire. Je vois que tu jettes quelques petites plumes. Elles pourraient peut-être me servir. Si je les nettoyais, bien propres, je pourrais les vendre pour les « vié mounes » (vieilles gens). Cela me ferait gagner ma vie peut-être. Tu serais bien aimable de me les laisser prendre.

Pigeon n'avait jamais vu Tortue aussi doux. Il songea que Tortue devait être en effet bien malheureux pour être si flatteur (« fallait malheu té bien batt' li pou graisser langue li com' ça »). Il lui dit :

— Prends, mon cher, prends toutes ces plumes. Je n'en ai pas besoin pièce ! (du tout !). Je suis au contraire très content qu'elles te soient utiles.

Et lui-même, Pigeon, aida Tortue à les ramasser. Il les lui enveloppa avec un petit brin d'herbe autour. Il les lui mit en « bas z'écale li » (sous sa carapace).

« Totue » dit bonjour à Pigeon et s'en alla trouver Codeinn (pintade).

Lorsqu'il arriva, il vit Codeinn qui s'habillait derrière une touffe de « ziccac » (fruits charnus). Il avait l'air tout rouge.

De temps en temps, il regardait sous les feuilles comme quelqu'un qui est en train d'épier.

Tortue vit que c'était Paon qui était de l'autre côté de la touffe de « ziccac ». C'est Paon qui intéressait Codeinn.

Tortue fit celui qui ne s'était aperçu de rien. Mais aussitôt, il commença à flatter Codeinn, lui disant que Paon n'était pas si beau que lui. C'était en réalité une bête à « fla fla » (à embarras), trop aristocrate et qui se croyait la plus belle parce qu'elle avait trois plumes dans sa queue.

Malgré tout, il y avait d'autres oiseaux plus magnifiques ! Sans aller plus loin, est-ce que sa queue à lui, Codeinn, n'était pas plus belle que celle de Paon ?

Codeinn, en entendant cela, « coummencé carré ba totue » (se redressa devant Tortue) ; « Totue voyé sirop baille encô » (Tortue lui envoya encore des flatteries) et finit par lui demander quelques vieilles plumes pour mettre dans un médaillon. Codeinn était content. Il lui en donna une bonne quantité ! Aussitôt Tortue s'échappa...

Arrivé de l'autre côté de la touffe de ziccac, il vit Paon. Il l'aborda en riant : quia, quia, quia.

— Qu'est-ce qui te prend ? lui demanda Paon.

— C'est Codeinn qui est trop bête, compère ! Il vient de me dire que nul oiseau n'était plus beau que lui. Il est de l'autre côté du pied de ziccac ; il fait « glou glou » devant une glace. Je n'ai jamais vu une bête aussi « coco gningnin » (crédule) que celle-là !

Paon répondit :

— Codeinn est trop « sott ». Il n'a donc jamais regardé ma queue ?

— Quant à cela, c'est vrai, compère, tu as de bien belles plumes. Laisse-moi les voir un peu... « foutt' yo bell' ! ». Ah ! oui, c'est ce qui s'appelle de belles plumes. Ah ! compère ! pourquoi arraches-tu celles-ci, belles comme elles le sont ?

Paon prit un petit air méprisant :

— Tout ça ! C'est de vieilles plumes... qui ne sont plus bonnes. Que veux-tu que j'en fasse ? Tous les jours, je suis obligé d'en jeter autant : j'ai trop de plumes, en vérité. Cela me donne quelquefois des « maux de tête » terribles dans le croupion. J'aurais été heureux d'en avoir moins. Elles sont belles, c'est vrai, mais elles sont bien lourdes à porter. Enfin qu'y faire ? C'est le Bon Dieu qui me les a données.

— Ah ! cher, que dis-tu là ? De si belles plumes ! Je serais content si je pouvais seulement en avoir deux ou trois pour mettre dans mon salon, tellement je les trouve belles.

— Prends tout ce que tu veux, Tortue, mais il faut avouer que tu es bien enfant pour ramasser des plumes.

En disant cela, Paon prenait un petit air « dégagé » — indifférent —, mais il était fier de voir que Tortue trouvait ses plumes belles.

Tortue en ramassa un bon lot, et courut vers d'autres « gibiers ».

Tous lui donnèrent des plumes.

Quand il jugea qu'il avait assez de plumes, il se cacha dans un coin, et puis il commença à s'habiller en « gibier ».

Il mit les plumes des ailes au bout de ses pattes, les plumes de la queue au bout de sa queue, les plumes du dos sur son dos, les plumes du ventre sur son ventre, les plumes du cou autour de son cou. Enfin il arrangea cela tellement bien avec de la glu de l'arbre à pain, qu'il pouvait passer pour une vraie « bête à z'ailes ». Lorsqu'il eut fini de bien se regarder dans la glace, il prit son vol tout bonnement et partit sur le chemin du ciel.

Le soleil était déjà haut.

Lorsqu'il arriva, il vit que toutes les chaises étaient déjà occupées. Il ne restait même pas pour s'asseoir un petit tabouret de piano ! Il ne dit rien, parce qu'il avait compris que les chaises étaient comptées et s'il avait fait « guiole fô » (réclamé), on l'eût mis dehors.

Il prit tout bonnement le chemin de la cuisine.

Arrivé là, il commença à boire et à manger comme jamais il n'imaginait qu'on pût boire et manger.

Bon Dieu est bon Père, sa cuisine est bonne.

Lorsque Tortue eut bien rempli son ventre, il commença à parler. À force de parler, il parla trop.

Les domestiques avaient trouvé bizarre qu'une « bête à z'ailes » si magnifique soit venue manger à la cuisine. Mais ils n'avaient osé rien dire.

Lorsqu'ils virent que la « bête à z'ailes » était un peu ivre, ils osèrent lui demander :

— Pourquoi n'es-tu pas dans la salle à manger avec les autres ?

« Totue » se mit à rire, la gueule fendue jusqu'aux oreilles.

— Comment ? Vous ne vous êtes pas encore rendu compte que ces « bêtes à z'ailes sont trop sott » pour moi ? Qui croyez-vous donc que je suis ? Vous m'avez pris pour un des leurs, alors ? « Foutt' ça bon ! » Je n'ai pas encore fini de rire. Je ne suis pas un oiseau, je suis une bête à quatre pattes ! Seulement, j'ai plus d'esprit que tout le monde. J'ai parié qu'avec des ailes j'arriverais ici, et j'ai gagné. Quant à ces plumes, elles m'ont été données. Les « bêtes à z'ailes » ont tellement peur de moi qu'elles ont obéi à mes ordres ! « Tit gibiers pas pipé » (les petits oiseaux n'ont pas seulement poussé un cri). Deux ou trois gros oiseaux ont essayé de « fair' guiole fô » — de protester. Mais le temps de dire : « Jési Maïa », je leur ai fait voir qu'ils avaient tort. Ça leur a coûté leurs plus belles plumes ! C'est qu'il ne s'agit pas de plaisanter avec « Totue ».

Mes amis, j'ai bien mangé, j'ai bien bu, votre café est excellent, donnez-moi donc un peu « d'annicoque » (liqueur d'anis) et deux ou trois cigares pour que je m'en aille. Le soleil est déjà bas.

Pendant ce temps, les domestiques allaient et venaient dans la galerie. Cela leur paraissait surprenant que de gros oiseaux comme le malfini et l'aigle eussent « caillé » (tremblé) devant Tortue ! Mais là où ils commencèrent à ouvrir les oreilles, ce fut lorsque Pigeon dit aux autres convives :

— Missiés, maintenant que nous avons bien déjeuné, peut-être pourrions-nous songer à quelques malheureux, ainsi au pauvre compère « Totue ». Je l'ai vu ce matin, je l'ai trouvé bien repentant. Je ne crois pas que le Bon Dieu trouve mal que nous apportions quelque chose à ce pauvre camarade.

Les autres oiseaux que « Totue » avait flattés le matin même ne donnèrent pas tort à Pigeon. Tous dirent :

— Pigeon a raison. « Totue » a bien mauvaise langue, mais puisqu'il est revenu à de meilleurs sentiments, il ne faut pas nous montrer plus mauvais que lui.

Seul, compère l'Aigle ne fut point de cet avis :

— Pour moi, je ne peux pas vous empêcher de faire la charité, mais je ne trouve pas « Totue » intéressant. Faites comme il vous plaira.

Un des domestiques était justement derrière l'aigle. Et il avait remarqué trois grosses plumes de l'aigle dans le dos de Tortue. La surprise de voir qu'un si gros oiseau que l'aigle « té prend vent » (avait cédé et fui) devant Tortue fut telle, qu'il manqua d'étouffer. Il laissa échapper la bouteille de vin qu'il tenait et salit ainsi toute l'aile de compère l'Aigle.

Compère l'Aigle « baille an coup de z'yeux » (lui lança un coup d'œil) :

— Sacré animal du domestique, ou pas save fait attention, non ? (Sacré animal de domestique, tu ne sais pas faire attention, non ?)

Le domestique « pas té ni phale fouète » (n'avait pas peur). Il répondit à l'aigle :

— Ah ! ah ! missié ! ne criez pas tant après moi, vous entendez ! J'ai beau être un domestique, je n'ai pas « caillé » (tremblé), moi, devant « Totue » ! Aucun « Totue » ne peut se vanter de m'avoir forcé à lui donner mes plumes, moi !

L'aigle demeura abasourdi. Il ne comprenait rien.

— Que dit ce bougre-là ? Comprenez-vous, missiés, ce que dit ce domestique ?

— Ce que je dis n'est pas malin à comprendre. Je dis que vous faites « guiole fô » devant moi, mais que vous avez tous « caillé » ce matin devant « Totue », vous, compère l'Aigle, et ces autres gros missiés qui sont ici. C'est « Totue » qui nous l'a raconté et tous les autres domestiques l'ont entendu comme moi. Et si vous essayez de me toucher, « moins ka foué ou ! » (je me défends).

Le bougre n'avait pas fini de parler que la porte s'ouvrit. Tortue parut. « Totue » était tellement ivre, qu'au lieu de prendre la porte du dehors pour partir, il avait ouvert la porte de la salle à manger.

Dès qu'il apparut, tous les oiseaux écarquillèrent les yeux. Ils n'avaient pas reconnu « Totue » avec ses plumes.

C'est « Totue » qui commença à crier :

— Bonjou compè Paon, bonjou compè l'Aig', bonjou Pigeon, bonjou Cici ; comment allez-vous ? Qu'avez-vous, anh ? Personne ne me dit bonjour ?

Ils étaient tous saisis.

L'aigle se leva, vint devant Tortue :

— Dis-moi un peu, « Totue », qu'est-ce que c'est que cette affaire ? Ce domestique vient de nous dire que tu t'es vanté à la cuisine de nous avoir tous fait « caillé » devant toi ?

Tortue devint blême et cria :

— C'est pas vrai !

Et il tourna le dos vivement pour gagner la sortie. Mais les domestiques avaient fermé la porte.

Tortue vit qu'il était cerné. Il cria de nouveau :

— Ça pas voué ! ça pas voué !

Tous les domestiques crièrent :

— Tu mens, c'est vrai ! (ou ka menti ! ça voué).

Jamais on n'avait vu un tel « vloumlélé » (boucan) dans la salle à manger du Bon Dieu.

À la fin, les domestiques avaient tellement l'air d'avoir raison que les bêtes à z'ailes comprirent que « Totue » s'était vanté ! Toutes sautèrent sur « Totue ». Qui à coups de bec, qui à coups de griffes, elles lui arrachèrent les plumes, elles lui écorchèrent la peau. Elles faillirent lui arracher les yeux. Elles finirent par le lâcher à moitié mort à terre.

Un domestique l'attrapa, lui « fouté li » un dernier coup de pied, et l'envoya dans le corridor.

« L'heur' totu ruprend respiration » (lorsque Tortue revint à lui), il trouva son corps « meultri », ses plumes arrachées. Il commença à pleurer.

« Zagrignain (l'araignée) était là ! » Cela lui fit de la peine.

Elle dit à Tortue :

— Tu vois, anh ! mon cher ! cela t'apprendra !... Actuellement, écoute ce que je vais te dire : tâche de trouver le moyen de te lever de terre, tu entends ? Et puis : « fous camp » (va-t'en) avant que ces oiseaux ne s'en aillent et te retrouvent dans ce corridor. Ils seraient capables de te battre encore (yo cé capab' fouté ou coups encô !).

Tortue était bien faible. Néanmoins, il trouva le moyen de se traîner jusque devant la porte de sortie. La porte était grande ouverte. Tortue allongea la tête dehors. Et puis il commença à trembler.

Zagrignain lui dit :

— Eh bien ! mon cher, qu'est-ce que tu attends ? Ces bougres-là vont arriver, oui ! vas-y !

Tortue n'avait pas la force de parler. Il était blême. Il fit à Zagrignain signe d'avancer. Zagrignain avança jusque devant la porte.

Devant eux, c'était un grand trou tout bonnement,

un grand trou tout bleu. Au fond, ils virent une petite boule : c'était la terre.

Zagrignain regarda Tortue et dit :

— Oui ! fouinque, mon cher, tu es pris !... On t'a arraché les ailes, « ou pas foutu descenne ». Eh bien ! tu t'es cherché là une sale affaire ! « Sacré bagaille ! » Enfin, je peux essayer de t'aider à t'échapper. Si tu veux, je vais te tenir dans mes pattes, et puis je vais lâcher le fil jusqu'à ce que nous soyons à terre.

Seulement, tu sais, il faudra que tu fasses attention à ne faire aucun mouvement. Fil d'araignée n'est pas fil de fer, il pourrait casser.

Tortue n'osait dire oui. Pourtant, il fallait bien descendre. Compère Tortue finit par faire signe à Zagrignain qu'il voulait bien. Zagrignain le fit coucher sur le dos, lui attacha les quatre pieds ensemble, bien solidement. Après cela, elle courut amarrer son fil à la clé de la porte. Puis elle passa ses pattes dans le nœud qui ficelait « Totue », et puis elle dit à « Totue » :

— Attention ! lagué cô ou allé tout doucement dans trou a (attention ! laisse-toi aller tout doucement dans l'abîme).

Tortue ne pouvait pas remuer.

Alors Zagrignain le poussa un peu, jusqu'à ce qu'il perdît l'équilibre. Tous les deux, comme une pierre, tombèrent dans le vide.

Tortue cria : « à moué ! ».

Zagrignain lui cria : « pé là » (tais-toi). Le fil n'a pas cassé au décrochage quoique ça lui ait « fouti » une « sacré soucousse ». « Aquiellement » nous sommes au vent, nous irons plus doucement.

C'était vrai, ils ne tombaient plus ! Brasse par brasse, Zagrignain larguait du fil. Ils descendaient...

Cependant Tortue n'était pas tranquille.

« I té ka sérré bonda li, an z'aiguill' bâtisse pas

cé peu passé » (il serrait tant les fesses, qu'une fine aiguille à batiste n'y serait pas passée).

Zagrignain larguait toujours du fil...

Tout d'un coup, Tortue commença à prendre courage. Il ouvrit un peu les yeux. Il vit Zagrignain en l'air qui larguait du fil, qui larguait du fil. Et brusquement, il dit à Zagrignain :

— Dis-moi un peu, compère, d'où tires-tu ce fils ?

Zagrignain n'aime guère qu'on lui parle de cela. Elle répondit :

— Qu'est-ce que cela peut te faire du moment que ce n'est pas le tien que je prends ?

Au lieu de se taire, Tortue recommença un moment après. Cette affaire de fil l'intriguait.

— Dis-moi un peu, anh, compère, de quel côté fais-tu sortir le fil, anh ? Est-ce que tu le cracherais ?

Zagrignain répondit :

— C'est ça même !

Et Tortue de reprendre :

— C'est drôle ! je vois bien ta bouche et je ne vois pas le fil en sortir.

Zagrignain fit la sourde oreille. Elle continua à « lagué fil là, lagué fil là ».

« Yo descenne, yo descennne » (ils descendaient, ils descendaient).

Tortue veillait toujours cette affaire de fil.

Tout d'un coup, il leva la tête un peu en l'air, pendant que Zagrignain ne le regardait pas. Cette fois, il vit d'où sortait le fil. Il commença à rire : quia, quia, quia...

Zagrignain lui demanda :

— Qu'as-tu à rire ainsi, anh ? Est-ce parce que tu es content de nous voir arriver ?

Tortue répondit :

— C'est ça même ! c'est gai moins gai ! Un moment après, « Totue » ne pouvait plus se contenir. Fallait

« i té couillonné Zagrignain ti brin » (il fallait qu'il se moque un peu de Zagrignain). Il commença à chanter sur l'air d'un carnaval de gens longtemps :

« Zagrignain filé...
C'est filé moins ka filé...
Zagrignain filé !...
C'est filé moins ka filé !... »

Zagrignain est une bonne petite bête ; elle ne vit aucune méchanceté dans cela. Elle rit et dit à Tortue :

« Fouinque ou gai, compère, yo ka bien ouè nous ka rivé » (comme tu es gai, compère, on voit bien que nous arrivons).

Tortue rit : quia, quia, quia... Un moment après, il changea de chanson.

Il commença à chanter fort :

« Papillon, bête à z'ailes ! »

Puis tout doucement :

« Zagrignain kiou fait fil ! »

Et puis tout fort encore :

« Coulibri, bête à plumes ! »

Et puis tout doucement :

« Zagrignain kiou fait fil. »

Zagrignain est un peu sourde. Néanmoins au bout d'un moment, elle trouva quelque chose d'anormal à cette chanson. Elle dit à Tortue :

— Mais que chantes-tu donc là ?

Tortue répondit :

— Ça ? c'est la chanson « papillon bête à z'ailes ». Tu ne la connais donc pas ? anh ?

Zagrignain répondit :

— C'est drôle, je la connais bien, mais il me semble que tu chantes une partie bien doucement.

Tortue demeura un moment sans chanter, il riait trop pour pouvoir chanter. Il recommença :

« Papillon, bête à z'ailes...
Zagrignain, kiou fait fil,
Coulibri, bête à plumes...
Zagrignain, kiou fait fil... »

Zagrignain ne disait rien, elle cherchait à entendre.

Tortue était tellement content de sa chanson, qu'à la fin, il ne fit plus attention et chanta tout haut.

Zagrignain depuis un moment avait arrêté son fil. Elle écoutait... Lorsque Tortue, qui chantait à tue-tête sans s'en apercevoir, vit Zagrignain qui le regardait « z'yeux dans z'yeux », il comprit qu'elle avait tout entendu. Avant que Zagrignain n'ait eu le temps d'ouvrir la bouche, Tortue cria :

— C'est pas voué, c'est pas voué (ce n'est pas vrai !)

Zagrignain regarda Tortue. Elle dit : « sacré iche sal.. » et puis elle lâcha Tortue.

Tortue dégringola « kiou pou tête », « foué cô li, bloke » sur une roche, « z'écale li ouvé, bo ! » (s'affaissa sur une pierre, carapace s'ouvrit, bo !). Malgré cela compère Tortue n'est pas mort. C'est depuis ce jour-là qu'il a sa carapace, autrefois unie, pour toujours en treize morceaux. Ce fut bien mérité !

XXXII

TIT JEAN L'HORIZON

L y avait une fois un « béké », Monsieur Beaufonds, qui avait pour filleul un petit nègre, Jean.

Ce petit nègre était plein de « malintrie » (de malice). Il avait fait le pari de dépouiller de tous ses biens son cher parrain.

Un jour, Monsieur Beaufonds décida d'offrir un grand dîner à ses amis. Il chargea Tit Jean de faire la cuisine.

— Avec plaisir, parrain, mais donnez-moi ce qu'il faut. Vous savez que vos amis, ces Gros-Mornais, sont de fieffés gourmands. Ils ont « guiole doux » (la gueule fine), quoi qu'ils soient blêmes comme « patates six semaines ». Et surtout n'oubliez pas le punch vers onze heures.

— Pas pè ! pas pè ! (n'aie pas peur, n'aie pas peur), répondit Monsieur Beaufonds, je leur donnerai de quoi soutenir leur cœur. Va, et occupe-toi de la cuisine.

Le lendemain matin, au « pipiri chantant », Tit Jean est dans les bois escorté de ses chiens Flox et Flora. Les chiens commencent à japper : ouape ! ouape ! ouape ! Ils ont senti l'odeur du « manicou » (sarigue).

Tit Jean avance silencieusement. Il lève la tête et voit un « papa manicou » perché sur un corrossolier.

— Collez ! collez (attrape ! attrape !), dit-il à ses chiens.

Tit Jean saisit le manicou, le ficelle comme un crabe, les deux mains derrière le dos.

— Ah ! ah ! ah ! lui dit-il, tu feras connaissance aujourd'hui même avec la farine du « béké ».

Le pauvre manicou a bien autre chose à faire que d'écouter ces mauvaises paroles. Il se secoue comme un chien qui sort de l'eau et souffle comme un « mâle chatt' » en colère.

— Souffle, souffle, lui dit Tit Jean, tout à l'heure je te passerai au citron et au piment !

Arrivé à la cuisine, Tit Jean attrape le manicou, lui flanque une calotte, le cueille comme une noix, l'échaude, le « débraille » (dépouille), « l'accore » (le découpe), le tasse et l'assaisonne dans le « canari » (marmite en terre) avec haut comme ça de piment de bois d'Inde, de girofle, de gingembre. Et Tit Jean pensait : « Si ces békés du Gros-Morne, avec toutes ces épices, ne boivent pas trois calebasses de tafia, je veux être pendu ! »

Pendant ce temps-là, on avait saigné des poules, des canards, des moutons, des cochons.

Tit Jean attrape toute cette viande, la met dans des « canaris » avec une sauce comme on n'en avait jamais encore vu, et allume le feu dessous.

Dès qu'on avançait aux abords des cuisines, on entendait : guioubouloume, guioubouloume ! guiou-bouloume ! C'étaient les « canaris » qui bouillaient !

Pendant ce temps, les « békés », assemblés devant la case, sentaient la bonne odeur de cuisine.

« Boubin yo coummencé mode yo » (leur ventre commença à les tenailler). Ils commencèrent par réclamer un punch.

— Ça va, répondit Monsieur Beaufonds.

— Edmée ! cria-t-il, faites toujours fondre le sucre pendant que je vais jeter un coup d'œil aux cuisines.

Tit Jean, qui avait entendu cela, se précipita sur les « canaris » bouillants, les posa à terre et, prenant un fouet, commença à les fouetter : ta, ta aaaaaaa aa...

Monsieur Beaufonds arriva juste à ce moment.

— Tit Jean, mon fils, qui commèce ou ka fait là ? (Tit Jean, mon fils, quelle est donc cette invention ?)

— Maître, je fais bouillir mes canaris.

— Comment ! C'est avec un fouet que tu fais bouillir tes « canaris » ?

— Oui, Maître ; aussitôt que j'ai mis les viandes et les épices dans le « canari », je les dépose à terre. Je prends le fouet et je leur donne une volée de coups de fouet. Alors, ils commencent à bouillir. Je ne suis pas encore arrivé au dernier que tout le manger est cuit.

— Tit nèg' là, maudit !

Monsieur Beaufonds resta comme un « homme du tonnerre » (foudroyé). Il ne pouvait que dire : « On n'a jamais vu une chose pareille ! On n'a jamais vu une chose pareille ! »

Enfin, il regarda Tit Jean et dit :

— Tit Jean, mon fils, il faut que tu me vendes ton fouet.

— Ce n'est pas possible, Maître ! Si je vous vends mon fouet, cela vous procurera du désagrément.

— Tant pis, mon fils, il faut me le vendre !

Monsieur Beaufonds fit tant et si bien que Tit Jean lui vendit son fouet.

Monsieur Beaufonds s'en saisit, et floupe, comme un voleur alla le cacher sous les tuiles, au grenier.

Pendant ce temps, Tit Jean se mourait de rire : quia, quia, quia ! à la cuisine, avec sa maman.

Et voilà donc Monsieur Beaufonds possesseur du fameux fouet !

Pour lors, il retourna auprès de ses invités, autour de la table sur laquelle Edmée avait mis ce qu'il fallait pour le punch : tafia, sirop, enfin tout !

Un des invités, rouge comme une écrevisse, la figure toute « taquetée » de « cocococodinde » (taches de rousseur), cria en voyant arriver Monsieur Beaufonds :

— Arrivez donc, mon ami, c'est vous seul qu'on attendait... Chargez !... mais vous connaissez li proverbe : in doigt di sirop, in doigt d'eau, quatre doigts di rhum, sans oublier la capsile (la rondelle de citron), et faites-li faible !...

Les autres se prirent à rire : quia, quia, quia... « li maudit bougue-là ».

Quand ils eurent tous trinqué : « à la santé », ils se mirent à table et commencèrent le métier sans rire et sans parler. « Yo mangé, yo mangé, yo mangé... » (Ils mangèrent, ils mangèrent, ils mangèrent !).

Quant à boire, mieux vaut ne pas en parler.

Et voilà ces messieurs pleins comme concombre et ronds comme des tiques. « Yo toutes coummencé lagué boutons culotte yo » (et tous commencèrent par lâcher les boutons de leurs culottes).

Ils se curèrent les dents avec des « brins de cabouya » (herbe) et allumèrent des « papas boutt's » (de gros cigares). Enfin, ils passèrent au salon pour jouer aux cartes : « Yionne ka coquiné l'aut' » (l'un trompant l'autre).

Le lendemain, ils avaient tous le « mal macaque »

(la gueule de bois), mais étaient prêts néanmoins à repartir.

Les chevaux sont sellés. Mais croyez-vous que les « békés » du Gros-Morne s'en vont ainsi ? « Calaou ! » (bernique !). Celui des invités qui avait parlé le premier, celui à la figure « taquetée », commença par dire :

— Missiés, avant de partir, li coup de l'étrier.

Alors ce furent le café, le pousse-café, la rincette, repousse et recafé... et enfin ! le coup de l'étrier !... Mais au moment des adieux, Monsieur Beaufonds les invita de nouveau :

— Missiés, ji compte sur vous pou dimanche prochain ! Vous savez, c'est la fête di Gros-Morne ; vot' dîner d'hier, c'est « bêtise tit mamaille ». Quant à celui di dimanche prochain, je ne vous dis que ça ! Missiés, ji compte sur vous pou dimanche prochain !

La veille du fameux dimanche, qui lors était un samedi, ces safres prirent chacun une médecine « lou Roy » pour bien vider leur ventre, afin de mieux le remplir chez Monsieur Beaufonds.

Le lendemain, avant les merles, ils arrivèrent. Ils virent haut comme ça d'animaux déjà saignés.

« Yo coummencé filé dents yo » (ils commencèrent à aiguiser leurs dents).

Ils restèrent là, à boire, à fumer, à fumer, à boire.

Enfin ils entendirent une bourrique crier : hi ! han ! hi ! han ! Ils s'écrièrent : « Oh ! oh ! missiés ! bourrique chanté ! Il est onze heures. » Cependant, ils ne sentaient aucune odeur de cuisine.

Ils commencèrent à s'inquiéter. L'un d'eux se leva tout doucement, comme « un qui ka allé fait fonction li ». Il s'avança vers les cuisines « en benne » (en tapinois), allongea le cou par la porte de la cuisine : la cuisine était froide comme le nez du chien.

Les « canaris » étaient par terre avec de la viande crue dedans.

« Ouaille ! foute nous fouti ! » se dit-il.

(Les « békés » du Gros-Morne ne plaisantent pas avec le ventre.) Il alla tout droit raconter ce qu'il avait vu aux autres invités. Hélas ! qu'avait-il fait là ?

Tous les invités se rassemblèrent autour de Monsieur Beaufonds.

— Eh bien ! mon cher, qu'est-ce que c'est donc ? Les « canaris » ne sont pas au feu et la bourrique a déjà sonné onze heures !

— Quant à moi, dit l'un, j'ai la peau du ventre collée au dos.

Enfin, c'était à qui étourdirait le pauvre « béké ».

Mais Mouché Beaufonds les regarda dans le blanc des yeux et leur dit :

— Vous avez peur pour ça, messiés ? Venez voir !

Il attrapa le fameux fouet et fit ranger ces « békés » autour des « canaris ». Et il commença à fouetter : ta a a a, ta a a a... Aucun « canari » ne bouillait.

Il vit que Tit Jean l'avait trompé, il commença à trembler. (Les békés du Gros-Morne ne plaisantent pas !)

Les invités en colère « gonflé majolle yo com' zandoli avant combat » (gonflèrent leurs bajoues comme le lézard avant le combat).

— Qu'est-ce que c'est que ça, Mouché Beaufonds ? Il n'y a plus d'amis ? (c'était « mouché » gros comme le bras).

— Qu'est-ce que c'est que ca ? dit celui qui était « taqueté de cocococodinde » et qui se faisait le champion de tous ; est-ce que vous avez l'intention de vous moquer ? Nous vous ferons voir ce que nous sommes. Nous sommes aussi bons blancs que vous !

Demain, vous aurez de nos nouvelles ! Oui !... oui !... oui !!!

Tous criaient ensemble. Pauvre Monsieur Beaufonds !

« I té ka semb' an caca poule douvant an molocoye » (il ressemblait à une crotte de poule devant une tortue).

Monsieur Beaufonds commença à s'excuser :

— Missiés, c'est la faute à Tit Jean.

— Non ! non ! non ! se mirent à crier tous ensemble les invités ! Point de raison, il nous faut du sang, du sang !

Pauvre Monsieur Beaufonds ! Il avait raison de trembler.

Le lendemain, avant « jou ouvè » — la naissance du jour — les cavaliers commencèrent à arriver à la case de Monsieur Beaufonds : blibidime ! blibidime ! deux par deux pour porter cartel. Il n'est pas question d'arranger les choses.

Celui-ci dit :

— C'est pistolet à rien pas et « un coui balles ».

Celui-là :

— Fisil jouqu'à temps yo brilé an liv' la poude. (Fusil jusqu'à ce que l'on ait brûlé une livre de poudre).

— Chacun dans un prunier, jusqu'à ce que l'un des deux tombe.

Un autre demande « canon dans sac ».

Missié Beaufonds « marronna » (il s'enfuit). Mais il se dit : « Il faut que Tit Jean me paye cela ! »

Pendant ce temps, Tit Jean, qui savait ce qui se passait, songeait...

« Tit Jean, mon fils, ti fouti si li bon dié n'allonge pas la main vers toi », « cabritt' qui pas malin pas gras » ! Il faut sortir du guépier où tu t'es fourré.

Il resta là... Il songeait !... Il songeait !... Enfin, il se mit à rire : quia, quia, quia !...

La mère de Tit Jean qui se chauffait près du feu lui demanda :

— Tit Jean, ça ou ti ni ?

— Rien, maman, je pense seulement à Mouché Beaufonds. Mais il faut que tu m'aides à sortir de ses griffes.

Et que croyez-vous que fit le petit nègre ?

« En vérité, moins couè c'est guiable qui dans cô li » (en vérité, je crois qu'il est possédé du Diable).

Tit Jean alla à la cuisine, ramassa tout le sang des cabris, moutons, poulets qu'il trouva ; il fourra le tout dans une grosse vessie de porc (an blague), amarra la « blague » sur l'estomac de sa maman, et puis lui dit :

— Je ferai semblant de dormir lorsque mon parrain viendra me chercher. Tu lui diras que je dors et que je ne veux pas être réveillé. Sinon, je ferai un malheur. Il insistera. Tu me réveilleras de force. Je prendrai un couteau et je percerai la vessie de porc que tu portes sur l'estomac. Tu tomberas raide morte à terre. Ensuite, je cornerai dans ma petite corne et tout ce que je te dirai de faire, tu le feras.

La maman répondit :

— C'est bon, mon fils.

Aussitôt, Tit Jean entendit arriver Monsieur Beaufonds.

Il se coucha ventre en bas et se mit à ronfler : roon, roon, roon...

Monsieur Beaufonds rentra rouge comme un coq de combat et il commença à crier :

— Où est ce pendu, ce serpent que j'en finisse avec lui aujourd'hui ?

— Maître, dit Maman, entends-le ronfler, il dort.

— Levez, tit maudit, pou moins casser passage farine li jodi (levez-le, ce maudit, que je lui brise le passage à farine [la gorge] aujourd'hui même).

— T'en prie, sou plaît, Maître, ne le lève pas, sinon, il fera un malheur.

— Pé guiole ou, maman iche diable ! » (tais-toi, mère de l'enfant du Diable !). Rien ne m'empêchera de le « bécher » aujourd'hui même.

— Je suis là pour faire votre volonté, Maître.

— Tit Jean, oh ! oooo ! Tit Jean, se mit-elle à crier.

— Ça ça yé ? (qu'est-ce que c'est ?), répondit Tit Jean, moins ké fait an malheu !

— C'est Mouché Beaufonds, qui m'a donné l'ordre de te réveiller.

Elle n'avait pas achevé de parler que Tit Jean se leva, comme « an ziguidi dans an bombe fè blanc » (comme un diablotin d'une boîte de fer-blanc), prit un couteau, leva la main sur « la mère », lui donna, bime ! un grand coup dans l'estomac, la creva comme un tambour. La maman tomba à terre : bô ! comme un paquet de linge sale, baignant dans son sang...

La pauvre n'était pas arrivée à terre, que Monsieur Beaufonds avait sauté sur Tit Jean, vloupe ! comme un serpent.

— Comment, tit scélérat ! tu as tué ta mère ? to tit sépent ! ti iche Satan ! C'est aujourd'hui que je vais remettre tes os aux gendarmes, tit maudit !

Tit Jean répondit :

— Ça pas ayen, ça parrain (ce n'est rien, ceci parrain).

« Gadé, ou ké ouè, moins ké ressuscité la mè ! » (regardez, et vous verrez : je ressusciterai la mère).

— Oh ! cette fois, to menti, sorcier, ou pas capiche fait ça ! (oh ! cette fois, tu en as menti, sorcier, tu n'es pas capable de faire cela).

— Eh bien ! gade, parrain, et tu verras ! répondit Tit Jean.

Tit Jean prit sa corne. Il corna.

« Il coné : tou... ou... ou... tou... ou... ou... »

Et puis, il bondit auprès du cadavre de sa mère.

« Rimin an jamb' ! » (remuez une jambe).

La maman remua une jambe.

« Tou... ou... ou... tou... tou... rimin l'aut' jamb' ! »

La maman remua l'autre jambe.

« Tou... ou... ou... tou... tou... rimin bras ou ! »

La maman remua le bras.

« Tou... ou... ou... tou... tou... rimin l'aut' bras ! »

La maman remua l'autre bras.

« Tou... ou... ou... tou... tou... rimin toute cô ou ! »

La maman remua tout le corps.

« Tou tou tou tou... tou rou rou tou tou... lévez, douboutt' ! »

La maman se leva et se mit debout.

Monsieur Beaufonds resta bête, la bouche ouverte comme un arc-en-ciel. « Ce petit nègre est sorcier, ce petit nègre est sorcier. »

Pour lors, il regarda Tit Jean dans le blanc des yeux, et lui dit :

— Tit Jean, il faut que tu me vendes cette corne.

Tit Jean répondit :

— Vous voyez, parrain, le fouet vous a déjà procuré du désagrément ; si je vous vends la corne, c'est encore plus de désagrément qu'elle vous procurera, oui !

Monsieur Beaufonds répondit :

— Ce n'est pas ton affaire ; il faut que tu me vendes la corne.

— Eh bien ! prenez-la, parrain ; mais c'est vous qui me forcez à vous la céder, rappelez-vous-le.

Tit Jean, cette fois, pensait qu'il en avait fini avec Monsieur Beaufonds.

Que croyez-vous que fit Monsieur Beaufonds ? Il courut monter à la chambre de sa mère. Il y trouva sa pauvre vieille mère, maman Beaufonds, au milieu de la chambre, « com' an vié piquett z'accras » (tige de fer rigide qui sert à piquer les beignets dans la friture).

Monsieur Beaufonds leva la main sur sa mère, lui donna un grand coup de couteau dans le mitan de l'estomac, la pauvre femme fit : han !... et s'affala à terre comme un fruit à pain mûr.

Le « béké » avait les yeux secs.

Quand il vit que sa mère baignait dans le sang, il prit la petite corne et commença à corner : tou... tou... ou... ou... tou... tou..., près du cadavre de sa mère. Et il commanda : « Rumin an jambe ! »

« Oh ! oua ! gadé si moceau bois a ka brinnin ! »

« Oh ! ouais ! regardez si ce morceau de bois bouge ! »

« Tou... tou... tou... ou... ou... tou... tou..., rumin l'aut' jamb' ! »

Pauvre vieille ! Elle était comme un morceau de haillons, tout bonnement.

« Tou tou tou tou rou rou rou tou tou tou... ah ! rou ! our ! »

« Madame là, raide com' an barre ! »

Et voilà que Mouché Beaufonds, la main sur la tête, se met à crier :

« Ouaïe, ouaïe, ouaïe, j'ai tué ma maman, ouaïe, ouaïe ! »

À ses cris, tout le voisinage accourut.

« Jésis ! qui malheu ! béké a quié maman y » (Jésus Maria ! quel malheur ! le Blanc a tué sa mère).

L'un disait : « i fou ! »

L'autre disait : « i bouè tropp' tafia hier ! »

Un troisième ajoutait : « Moi, je crois que c'est un scélérat.

« Béké », c'est race maudite ! Celui-là est un abonné du journal *Les Colonies*.

Enfin chacun mettait son mot.

Quand « gendames tit bâton rivé » (les agents de police arrivèrent), ils regardèrent, ils tournèrent à l'entour du cadavre et puis ils conclurent : « z'affai cabritt' pas zaffai mouton » (les affaires du cabri ne sont pas celles du mouton), et « yo foucamp ! » (ils s'en allèrent).

Pendant ce temps, Monsieur Beaufonds, qui avait fini de crier, racontait à tous comment ce malheur était arrivé, et toute la « malintrie » de Tit Jean.

Tous ces gens prirent parti contre Tit Jean. Ils l'insultèrent pis qu'un serpent au bord du chemin. Et tous ensemble décidèrent d'aller noyer le petit nègre à l'horizon.

Monsieur Beaufonds, ravi de cette décision, fit distribuer sur-le-champ du tafia, et les mena chez Tit Jean.

Ils chantaient : « ennous jété Tit Jean l'horizon ! ennous jété Tit Jean l'horizon ! » (allons jeter Tit Jean à l'horizon !).

Tit Jean, qui était à la « case maman », entendit le chant venir à lui. Il pensa : « Tit Jean, mon fils, je crois que c'est aujourd'hui ton dernier jour. Prends courage ! »

Aussitôt arrivés à la case, les gens prirent Tit Jean, le fourrèrent dans un sac, lièrent bien fort la « gueule » du sac avec une corde « mahaut piment » et voilà missié Jean en route pour l'horizon.

Vous devez dire : « Pauv' Tit Jean ! Cette fois, i fouti ! » Mais attendez un peu pour voir !

Avant que ces gens n'arrivent au bord de la mer, il leur fallait passer au bord d'une rhumerie. C'est ce qui sauva Tit Jean.

On déposa le sac à terre, et tout le monde entra dans le « vinaigrier » pour prendre un « sec » (tafia sans eau ni sucre). Vous n'avez jamais vu un nègre passer devant un débit de régie sans y entrer. Plutôt voir une bourrique travailler après onze heures. C'était Monsieur Beaufonds qui payait. Point n'est besoin de dire s'ils se remplirent le ventre !

Pendant ce temps, Tit Jean dans son sac pleurait. « Ka pléré ! ka pléré ! hi hi hi... » Mais cela ne l'empêchait pas d'ouvrir ses oreilles. Qu'entend-il ? Un vieux nègre qui passait son chemin.

— Papa, chè, papa, ouvre le sac « tic tac » un petit peu, pour ton fils. Ces malfaisants veulent me jeter à l'horizon.

— Ça to fait, mon fils, pou yo vlé jété to l'horizon ?

— Aïe ! papa, chè ! À cause de la bête du béké qui a maraudé dans les cannes.

Croyez-vous que ces gens ont le cœur de jeter à la mer ce pauvre petit bougre, pour deux pieds de canne que la bête a mangés ? Ah ! non ! je ne veux pas croire une chose pareille !

Et il prit sa jambette, coupa la corde de mahaut, libéra Tit Jean.

Aussitôt dehors, Tit Jean remplit le sac avec un morceau de bois gros comme lui, et il se cacha dans les halliers, afin de voir ce que ces gens feraient.

Ces gens sortirent tous de la case Tom, « chargés comme des canons », prirent le sac sans méfiance, le mirent dans le canot et le jetèrent à l'horizon.

Et voilà Tit Jean sain et sauf.

Et Tit Jean oublia de porter cinq francs à « Missié li curé » pour une messe en action de grâces. Tit Jean maudit !

Mais tout cela ne faisait pas l'affaire de Tit Jean. Tit Jean voulait une chose : dépouiller son parrain de tous ses biens et aussi lui faire payer l'affaire du sac.

Tit Jean avait des tours encore plein sa tête.

Un jour que Mouché Beaufonds était assis dans la galerie, en train de fumer « an boutt' » (un cigare), il vit venir à lui un grand troupeau de bêtes à cornes. Derrière le troupeau, un petit nègre, faraud comme une plume, donnait de grands coups de fouet : ta taa, ta taa, ta !

Monsieur Beaufonds prit sa longue-vue. Il regarda. La longue-vue lui tomba des mains. Ses deux bras pendirent le long de son corps tel un « bois bois » (un épouvantail).

— Ce n'est pas possible, ce sont mes yeux qui voient mal.

Il appela : « Edmée ! Edmée ! »

« Eti mouché ? » (voici, monsieur).

— Quel est ce petit nègre faraud qui marche là, derrière les bêtes, ma fille ?

— Jésis Maïa ! c'est Tit Jean ! répondit Edmée.

Elle se signa et elle alla se cacher, en haut, au grenier, comme si elle avait vu le Diable. Pendant ce temps-là, Tit Jean arrivait devant la maison avec les bêtes.

— Bonjou, parrain !

— Tit Jean ! C'est toi ! Pas possible ! « Eti où soti, docteu comm' ça ?» (d'où viens-tu, si fier ?)

— De l'horizon, parrain. C'est par là qu'il y a le plus de bêtes à cornes.

— To pas ka menti, Tit Jean ? fit Mouché Beaufonds.

— Mentir, Maître, que la soupe aux crabes m'étrangle, si je mens !

— Si c'est vrai, il faut que j'aille avec toi, à l'horizon ! dit Mouché Beaufonds.

— J'obéirai, répondit Tit Jean, puisqu'il le faut. Car « ravett pas ni raison douvant poule » (le cancrelat n'a pas raison devant la poule).

Et le « béké », comme un grand saint « glin glin » qu'il était, se laissa enfermer dans un sac, laissa fermer le sac avec une corde « mahaut piment » et conduire à l'horizon. Tit Jean chargea le pauvre bougre sur le canot, et se mit à chanter le long du parcours : « moins kaille jété Mouché Beaufonds à l'horizon ! ».

Arrivé à l'horizon, Tit Jean attrapa Mouché Beaufonds dans son sac, comme un paquet de linge sale, et le jeta dans la mer, bo !

Au retour, Tit Jean jurait encore tout seul : « Vié pendi ! allez scélérat ! Les requins te mangeront, "vié béké, race maudit" ! Eh bien ! bois maintenant jusqu'à ce que ton ventre éclate, vié soulard ! »

Dès que ce fils de Satan eut noyé le pauvre bougre dans la mer, il revint à la case de Mouché Beaufonds, y entra comme chez lui, mit tout le monde à la porte jusqu'à la pauvre Edmée, qui pleurait, qui pleurait...

Lorsqu'on lui demandait : « Où est Mouché Beaufonds ? » il répondait :

— Mon parrain a été faire un petit voyage ; il m'a mis à sa place.

Mais là-haut, le Bon Dieu veille...

Un jour que Missié Jean — parce qu'à présent c'est Missié long comme le bras — était ivre à rouler, il passa près du moulin à écraser les cannes. Le moulin tournait. Il voulut « casser la guiole » à un vieux nègre, qui l'avait « toisé ».

Ce pauvre vieux nègre glissait les cannes une à une entre les cylindres du moulin. Missié Tit Jean s'avança vers le nègre. Son pied manqua la « calibiche » et il tomba tout de son long. Il fut happé par les cylindres.

Tout mon corps frissonne quand j'y pense.

On entendit un grand : kuiaque.

Le temps de vous le raconter, Tit Jean a déjà fini de passer tout entier dans le moulin, « an migan ! » (une purée) tout bonnement, que l'on retira de l'autre côté de la bagasse.

Ainsi finit Tit Jean l'Horizon.

XXXIII

TIT PRINCE ÉPI MÉDÈLE

ou le Petit Poucet

« Ça qui ni zoreilles, couté !
ça qui ni zié, gadé »
(ceux qui ont des oreilles, écoutez !
ceux qui ont des yeux, regardez !)

L y avait une fois un petit Blanc que l'on appelait Tit Prince, tellement il était « philosophe » (fier).

Ce qu'il aimait par-dessus tout, c'était de jouer aux choses défendues. Il aimait jouer avec tous les petits nègres de l'habitation. Sitôt que son père avait le dos tourné, il prenait les « anolis » (petits lézards), les faisait battre, les taquinait pour les voir gonfler leurs bajoues, et les jetait ensuite dans les nids de fourmis mordantes. Il attachait de la paille à la queue des poules, de vieilles casseroles à celles des chiens, faisait à toute bête, si petite soit-elle, des tas de méchancetés.

C'est pour cela que son père lui avait défendu de sortir sans être accompagné. Mais empêcheriez-vous un cabri de sauter lorsque vous lui avez ouvert la porte du parc ?

Pour lors, un jour de vendredi, après-midi, Tit Prince entendit son père commander de lui seller un cheval afin d'aller au bourg chercher de l'argent pour la paye des ouvriers. Aussitôt qu'il vit son père disparaître au dernier tournant du chemin, il marcha dos bas, dos bas, pour que sa vieille « dâ » ne le voie pas, rentra dans un petit cabinet qui avait accès sur les champs, décrocheta la porte et floupe ! « en bène » (en cachette) s'enfuit comme un voleur...

... Et voilà Monsieur dehors ! Il prit le chemin de la rue Case Nègres, passa fier comme César. Monsieur est grand, Monsieur se suffit à soi-même. Sa badine à la main, son chapeau sur le côté, il marche. Il marche sans se soucier où il va. Monsieur se croit trop malin. Pour retrouver sa case, il emplit ses poches de grain de mil. Tout le long du chemin, il sème le mil, il sème le mil.

Il se dit : « Lorsque je voudrai revenir, je n'aurai qu'à suivre les grains de mil et j'arriverai droit à la case. »

Mais il avait compté sans les merles. Vous savez comme les merles « ni z'iés clai » (voient clair).

Les grains n'étaient pas arrivés à terre que les merles avaient tout avalé.

Pendant ce temps, Tit Prince avance sans regarder derrière. Enfin, lorsqu'il trouva que la promenade avait assez duré, il se retourna pour revenir sur ses pas. Il regarda à terre : « ayen » (rien !). Il leva les yeux et vit tous les merles en haut d'un palmiste, « fals yo pleins » (leurs gésiers pleins) et qui commençaient à faire leur prière du soir (aux Antilles les oiseaux chantent le soir).

Il comprit alors la bêtise qu'il avait faite. Il regarda les merles gouailleurs et leur dit :

« Zott couè zott prend moins ? calaou ! » (Vous croyez que vous m'avez eu ? bernique !)

« Comme j'ai su venir, comme je saurai m'en retourner. » Et puis, il leur tourna le dos.

Malheureusement, il n'avait pas remarqué les croisées des chemins. Justement, il venait de bifurquer au petit bonheur, lorsqu'il se ravisa, et revint sur ses pas.

Voilà Monsieur bien embarrassé ! Il resta debout, le menton dans la main « à songer, à songer ». Enfin, pour en finir, il tourna sur lui-même comme une toupie, et le premier chemin qu'il trouva en face de lui lorsqu'il arrêta de tourner, il le prit.

Quand il eut marché un bon moment, il comprit que ce n'était pas là le chemin de la maison de son père. Il revint à la croisée « ka songé, ka songé ». Il prit un autre chemin. Cette fois, il croyait être sur le bon. Pourtant quand il arriva près d'un petit bois, il ne reconnut pas le petit bois.

Il continua à marcher tout de même, car il avait aperçu, au loin, un château qui ressemblait à celui de son père. Arrivé auprès du château, il s'aperçut qu'il s'était trompé. Mais il était tellement las, ses jambes lui rentraient dans le ventre, qu'il rentra demander l'hospitalité.

... La première personne qu'il rencontra, ce fut une petite fille que l'on appelait Médèle.

— Qu'es-tu venu faire ici, petit malheureux ? dit la jolie petite fille. Tu ne sais donc pas que ce château est celui du Grand Diable et de sa femme, la Diablesse ?

« Tous les petits enfants qui s'échappent de chez leur papa, il les prend, il les engraisse, il les saigne, et puis il les débite par morceaux. Il met les morceaux sur le feu, avec des épices dans un grand « canari » (marmite de terre), et il les mange ! Comme tu me vois, je ne suis pas leur fille. Ils m'ont volée ; mais le Grand Diable, pendant qu'il m'engraissait, s'est pris d'affection pour moi ; il m'aime tellement qu'il me garde auprès de lui comme son enfant. Seulement, à force de les voir faire des « quimbois » (leurs sorcelleries), je suis devenue plus forte que lui et que la Diablesse.

Pendant ce temps, Tit Prince était resté debout à écouter, son chapeau à la main, par « honnêteté ». Il répondit :

— Mademoiselle, chère, je ne suis pas un garçon enfui de chez son papa ; je me suis seulement égaré. « Cé pède moins pède chumin qui fait moins icitt à cette heure. »

Demain, très tôt, je reprendrai le chemin de chez mon père. Tant pis, sou plaît, laissez passer une nuit ici.

— Avec plaisir, mon fils, mais laissez-moi demander la permission à mon papa.

Elle prit Tit Prince par la main et l'amena au Grand Diable. Pas besoin de vous dire que le Grand Diable donna son consentement. Il jeta un regard sur sa femme la « Guiablesse », et comme elle cherchait à s'endormir, lui donna une « pinçade » et tous deux commençèrent à « filer dents yo » (à s'aiguiser les dents).

Et puis le Grand Diable dit à Médèle :

— Prépare une bonne chambre pour que ce petit bonhomme puisse bien dormir ; donne-lui à boire, à manger. Enfin, soigne-le bien !

Le lendemain matin, avant le jour, voilà Tit Prince debout, prêt à partir.

À peine avait-il fini de boire « le brin de café clair »

(le tiololo) que lui avait donné Médèle, qu'il lui dit :

— Il faut que j'aille remercier ton papa et lui dire adieu.

Médèle l'amena au Grand Diable.

— C'est bon, mon fils, tu es bien honnête, mais avant de partir, tu ne peux pas me refuser un petit service.

— Ça, c'est bien vrai ! Missié le Grand Diable. Avec plaisir. Mais lequel ?

— Eh bien ! mon fils, vois-tu devant toi ce grand bois ?

Tit Prince ouvrit les yeux et vit, pour tout de bon, un « grand papa bois », mais quoi ? une forêt, tout bonnement !

— Eh bien ! mon fils, il faudra abattre tout ce bois, que tu fasses un beau « dégras » (terre défrichée). Et avant quatre heures, je veux voir ce « dégras » planté de toutes sortes de fruits et de légumes prêts à être cueillis.

Pauv' Tit Prince ! Qu'avait-il entendu là ? Ses deux bras se laissèrent pendre tout le long de son corps comme deux feuilles de coco sèches ; ses deux yeux coulaient comme qui dirait deux rivières.

À la fin, il finit par se faire un « cœur de mouton » (se résigner) et, un pied devant l'autre, il arriva auprès du grand bois.

Mais quand il se vit, si petit, si petit ! devant ces « papas pieds bois », sans coutelas, ni hache, pour les abattre, sans houe ni même un « mayoumbé » pour fouiller la terre, il se jeta à plat ventre dans l'herbe, « ka pléré ka pléré » jusqu'à ce que sa figure soit devenue comme celle d'un enfant qui a taquiné les guêpes.

Pendant ce temps, l'heure marchait. Toutes les cornes des habitations avaient corné midi.

Mais Médèle, qui avait déjà commencé à aimer le petit garçon, veillait. Dans le grand château, « Grand Guiable » disait à la « Guiablesse » :

— Maman, n'oublie pas que ti as un travailleu à nourri aujourd'hui.

— Médèle, dit la Diablessc, prends le grand « coui » (moitié de calebasse), remplis-le de bon manger, car il faut que ce petit garçon devienne gras, et porte-le lui sans oublier le « coco mèle » (tafia) pour « dégoger le passage de la farine » (lui ouvrir l'appétit).

Et elle se mit à rire : quia, quia, quia...

Et voilà Médèle partie, son « tray » (plateau) sur la tête. Arrivée au bois, elle voit le pauvre Tit Prince affalé à terre, étouffant, tellement il a le cœur gros.

— Tit Prince, mon pauv', cria-t-elle, « ou trop sott' tounain sang ou com' ça ! » (tu es trop sot de te tourner les sangs ainsi).

— Moins trop sott ! Je voudrais bien te voir à ma place ! répondit Tit Prince. Tout ce terrain à « dégrader », avec mes deux mains vides, et avant quatre heures encore ! un pauvre petit bougre comme moi. Que vais-je devenir ?

Et il recommença à pleurer.

Médèle s'assit à ses côtés et le consola en disant :

— Pas pléré, pas pléré, mangé toujou plein vente ou, après nous ké ouè (ne pleure pas, ne pleure pas, mange toujours, plein ton ventre, après nous verrons).

— Comment veux-tu que je mange ? Ma gorge est serrée comme le « cou d'un anoli pris dans « caboua » (des herbes liantes). J'étouffe !

— Ça pas ayen, dit Médèle (ce n'est rien). Bois un petit coup de « coco mèle » que je t'ai apporté, ça va se passer. Et puis, elle dit aux oreilles de Tit Prince :

— Tit Prince, mon fils, j'ai appris beaucoup de

choses chez le Diable. Maintenant je suis plus forte que lui. Ti vois cette petite baguette, tiens-la dans ta main. Vers trois heures et demie, tu vas cogner par terre avec. Immédiatement, avant que tu n'aies le temps de dire : ouaille ! un grand beau « dégras » apparaîtra à la place du grand bois, tous les vivres plantés seront bons à être arrachés, les bananes seront jaunes.

« Alors, vers quatre heures, tu verras passer un beau monsieur faraud comme une plume ; tu lui diras : « Missié, voudriez-vous me rendre un petit service ? Si vous passez devant le château du Grand Diable, dites-lui que tout le ''dégras'' est prêt. En même temps, vous lui remettrez (tant pis, s'il vous plaît !) cette petite patte de bananes que j'ai cueillie sur pied.

« Alors, courage, mon fils, je m'en vais ; tu peux manger maintenant jusqu'à ce que ton ventre éclate !

Pour lors, quand Tit Prince eut fini le métier « sans rire et sans parler », il s'allongea à terre pour faire la sieste. Et puis quand il vit qu'il était trois heures et demie, il se leva comme un diable dans un bénitier, attrapa la petite baguette et commença à cogner : to, to, to, to...

Aïe ! z'enfants ! À peine avait-il fini de donner le troisième coup que tous les arbres disparurent. Un « dégras » jamais vu apparut. Et dedans, patates, ignames, toutes espèces de choux caraïbes, pois, concombres, canmanioc, bananes, bons à mettre au « canari ». Au même moment, comme Médèle l'avait dit, un beau monsieur (c'était le Diable), un beau monsieur à cheval vint à passer : blaka ta, blaka ta...

Tit Prince le héla :

— Missié faraud, Missié, voulez-vous arrêter un peu, sou plaît ?

— Mais oui, mon garçon, et il arrêta son cheval.

— Eh bien ! Missié, si vous passez devant le château du Grand Diable, voulez-vous lui dire de ma part que son travail est prêt ? Et puis remettez-lui cela pou moi, sou plaît.

Et Tit Prince cueillit la plus belle patte de bananes jaunes qu'il trouva, celles que l'on nomme « bananes Saint-Pierre », et les lui remit à la main.

À peine Tit Prince eut-il tourné le dos à Grand Diable, que le Grand Diable commença à jurer, à taper du pied, à bougonner : « tonnè ! tonnè ! ci pitit bonhomme est cent fois pli fô qui moi. Mais il faudra bien que je le « quimbe » (tienne) sous ma dent ! ».

Alors, il remonta sur son cheval, faisant semblant d'aller au château, mais il revint immédiatement sur ses pas, métamorphosé. Aussitôt arrivé, il dit à Tit Prince :

— C'est très bien, mon garçon, très bien, je suis content ; c'est un beau « dégras ! »

Puis il s'en retourna au château.

Tit Prince, derrière, tenait la queue du cheval.

Pour lors, le lendemain matin, Tit Prince, qui croyait pouvoir s'échapper, vint prendre congé du Grand Diable.

Mais une fois qu'on est sous la griffe du Diable on ne peut pas se sauver comme ça !

Le Grand Diable lui répondit :

— Tu partiras. Ce que je promets, je le tiens. Mais puisque tu es si fort, il faut que tu me rendes encore un service.

Que voulez-vous que le pauvre petit bougre réponde ?

— Avec plaisir, papa, commandez !

Pendant ce temps, il se mourait de peur.

— Eh bien ! mon fils, regarde en haut du morne. Tu verras une belle savane plate. D'ici quatre heures, il faudra y avoir bâti un beau château à trente étages, avec cent portes en or, la clé dans chaque porte.

Tit Prince partit sans dire un mot. Il marcha, il marcha, il marcha... Enfin il arriva en haut du morne. Tout le long du chemin, il pensait à son père : « ka pléré, ka pléré » ! Ah ! pourquoi ai-je désobéi à papa ? Aujourd'hui, c'est mon dernier jour ! Je n'ai jamais travaillé chez mon papa, toujours une bonne derrière moi, pour tout faire à ma place, jusqu'à attacher les lacets de mes souliers, et aujourd'hui il faut que je bâtisse un château de trente étages, « épi cent la pote en ô, toutes la clé adans yo », sans marteau, ni égoïne, sans rabot ni clous, ni bois, ni chaux, rien ! Pardon, papa, tu ne verras plus jamais ton enfant.

Et Tit Prince pleurait, se roulait par terre comme un chien sur une charogne. Cela fendait le cœur.

Pendant ce temps, Médèle n'oubliait pas Tit Prince. Quand midi corna, elle dit à Guiablesse.

— Maman, songé ou ni an travailleu assou plateau.

— C'est vrai, ma fille, j'allais l'oublier. Prends un « coui » de bon manger et porte-le-lui.

Médèle partit. Arrivée sur le plateau, elle trouva Tit Prince gonflé, les deux yeux rouges comme deux piments.

— Fouinque ou sott' mon pauv' (que tu es sot, mon pauvre !). Où est ma petite baguette ?

— Mi li (la voici), chère.

— Eh bien, vers trois heures et demie, comme je te l'ai déjà dit, cogne trois fois à terre, et tu verras un beau château qui va clairer devant toi comme le soleil, et tout ce que le Grand Diable a demandé.

Vers trois heures et demie, Tit Prince attrapa la baguette et commença à cogner à terre. Ah ! z'enfants ! que vit-il ? Un certain beau château tout en marbre avec cent étages, cent portes en or, la clé en diamant dans chaque porte. Il fut obligé de fermer les yeux, comme la « souris sol » (chauve-souris) quand le soleil paraît.

Tit Prince est fou. Il se met à danser la caleinda, piqué cosaque, guiomba, mélé maré, jusqu'au bombé serré.

Mais voilà le Grand Diable qui arrive, déguisé comme à l'accoutumée, à quatre heures sonnantes.

« Li rété abala, guiole li ka penne, grand ouvè, ka couté » (il reste muet, la gueule qui pend, grande ouverte, écoutant).

Tit Prince, encore tout essoufflé de ses danses, lui crie :

— Missié, bel missié à chouval, si vous passez près du château du Grand Diable, vous voudrez bien lui dire sou plaît, que son château est paré.

Grand Diable, puisque vous savez que c'est lui, tourna le dos, tapa du pied par terre, recommença à dire encore : tonnè ! tambou ! ce petit bonhomme est mille fois pli fo que moi !

Pour lors, le Grand Diable alla trouver la Guiablesse pour lui demander conseil.

La Guiablesse commença à battre les cartes pour le grand jeu. Elle les rangea toutes à terre, tenant son menton dans ses mains, songeant... songeant...

Et voilà où on en est :

— Ti vois la dame di pique à côté di valet di carreau ? Eh bien ! C'est Médèle qui fait tout ça. À force de te regarder faire tes quimbois, elle est divinue pli forte que toi.

« Il faut demander à Tit Prince une chose que Médèle ne saurait faire.

« Dis-y com' ça, demain matin, avant jou ouvè, allez au bord de la rivière et fais deux planches d'eau, et porte-les-moi.

Grand Diable était tellement content, qu'il sautait, « cabrilait » comme un bouc dont on a sorti la langue. Pour lors, quand Tit Prince vint de nouveau demander la permission de partir, pour aller voir son papa, le Grand Diable lui répondit :

— Mon fils, cette fois, c'est la dernière.

« Lève-toi de bonne heure demain matin, va au bord de la rivière, fais deux planches d'eau et rapporte-les-moi.

« Aussitôt que tu me les remettras, tu n'auras pas besoin de me demander la permission de partir. Tu les mettras derrière la porte et tu t'en iras.

Pauv' Tit Prince ! Il comprit cette fois qu'il ne pourrait s'échapper. Il était fatigué de vivre ainsi, il préférait mourir.

« I té las goumé pou la vie » (il était fatigué de lutter pour la vie).

Pourtant il se dit « dans cœur li », il faut tout de même que j'aille embrasser Tit Médèle avant de passer dans le « canari » du Diable.

Pendant ce temps, Grand Diable et la Diablesse effilaient leurs couteaux, lavaient les « canaris », rassemblaient les épices pour assaisonner Tit Prince.

Quand Tit Prince arriva dans la chambre de Médèle comme à un enterrement, pour lui raconter la dernière affaire, celle-ci se mit à rire : quia, quia, quia...

Tit Prince « rété bête » (resta bête).

Médèle dit :

— Tu as peur pour ça ?

« Ça pas agnain (ce n'est rien). Pas la peine de te déranger. « Domi plein boudin ou » (dors plein ton ventre). Demain matin, tu iras trouver le Grand Diable, et tu lui diras : les planches d'eau sont parées. Je les ai cachées dans les halliers, au bord de la rivière. Mais pour que je puisse les porter, donne-moi des « torches » (des coussinets) de fumée.

Tit Prince partit, le cœur content, alla se coucher

de tout son long dans la cabane. Le lendemain, il se leva vite pour aller auprès du Grand Diable.

Quand ce dernier entendit ce que lui disait Tit Prince, il faillit mourir de rage.

Dans « un coup de jambe » il arriva auprès de sa femme, et lui raconta cela.

« Ta a longé guiole li » (celle-ci allongea sa gueule) et dit :

— C'est toujou Médèle qui en est cause. Tant que nous ne tuerons pas Médèle, nous n'arriverons pas à bout de Tit Prince.

— C'est bien, mon fils, dit le Diable à Tit Prince ; demain matin, nous verrons !

« Zott save, z'enfants, z'oreilles pas ni couvéti » (vous savez, mes enfants, que les oreilles n'ont pas de couvercle). Médèle, qui avait écouté en cachette, avait entendu le complot. Elle avait tout répété à Tit Prince. Et elle lui dit :

— Pas peu pou ça (n'aie pas peur pour cela). Une chose à faire actuellement « chappé cô nous » (prendre la fuite). Mais écoute bien : Qu'est-ce qui fait la parole ?

— La langue et le crachat.

— Qu'est-ce qui est pli fo que l'autt', la langue ou bien le crachat ?

— C'est la langue, puisque quand la langue est sèche on ne peut plus parler encore !

« Regarde les orateurs les jours d'élection. Ils mettent toujours auprès d'eux un verre d'eau pour mouiller leur langue.

« Et voilà ce que nous ferons : nous allons cracher chacun un beau crachat auprès de notre lit. Tant que ces crachats ne seront pas secs, ils parleront pour nous. Ils répondront à notre place quand le Diable va nous parler. Pendant ce temps, nous nous échapperons.

Et puis, ils allèrent se coucher. Quand ils entendirent ronfler le Diable (on eût dit le tonnerre qui roulait), ils sautèrent à bas du lit, ils ouvrirent la porte tout doucement, marchèrent dos bas, et, une fois dehors, prirent leurs jambes à leur cou.

Le jour était déjà presque là qu'ils étaient bien loin, lorsqu'ils sentirent un grand vent. Comme un cyclone qui arriverait sur eux.

Médèle dit à Tit Prince :

— Sens-tu le vent qui commence à souffler ? Tu ne sais pas ce que c'est ? C'est le Grand Diable qui est sur nous et fend l'air.

Et voilà ce qui était arrivé : le Grand Diable, avant d'aller dormir, avait affûté son couteau pour tuer les enfants avant le jour. Il avait préparé un grand « coui » avec du sel dedans pour y recevoir le sang, et en faire du boudin, et puis, un œil fermé, un œil ouvert, de crainte que les enfants ne s'échappent, il criait tout le temps : « Médèle ! Tit Prince ! »

Et, chaque fois, le crachat répondait : « éti papa ! ».

Mais, au fur et à mesure que les crachats séchaient, ils répondaient plus doucement.

À la fin, le Grand Diable héla, sans que personne répondît. Les crachats étaient tout à fait secs.

Il se dit en lui-même : « C'est le bon moment ! Ces petits bandits ont fini par s'endormir, je vais leur couper le cou ! »

Il saisit le grand couteau d'une main et passa l'autre sous le drap pour saisir Médèle : « agnain ! » (rien !).

Il se mit à courir vers le lit de Tit Prince, « rouc'-lant » comme un maître des savanes (un bœuf) en colère. Il leva le drap : « agnain ! » (rien !).

Aussitôt il baissa les yeux et vit deux petits crachats secs. Il comprit la « malintrie » de Médèle.

Aïe ! z'enfants ! il fallait l'entendre ! Tout ce que je pourrais vous dire, vous ne pourriez le croire. Missié se roulait à terre comme les animaux que les mouches à miel ont recouverts, criait comme toutes les bêtes de la terre réunies, écrasait tout ce qu'il rencontrait. Ce n'était pas un ouragan, ni un cyclone, mais un volcan, tout bonnement ! Jusqu'à la Guiablesse qui mourait de peur !

Grand Diable veut sortir pour courir après les enfants, mais sa main tremble tellement qu'au lieu d'ouvrir la porte, il la ferme plus fort. Il en arrache les gonds et il se met à courir si vite que le vent devant lui courait pour lui faire place.

C'est ce vent que Médèle avait senti.

Mais il ne leur fallait pas perdre de temps pour échapper au Grand Diable. Alors Médèle changea Tit Prince en un beau rosier et elle-même en une belle fleur rouge.

Aussitôt le Grand Diable arriva :

— Beau rosier et belle rose, n'avez-vous pas vi passer un pitit gaçon et ine pitite fille ?

Et le rosier se balança à droite, se balança à gauche, envoyait son meilleur parfum à droite, à gauche, pour dire non ! Alors Grand Diable prit un autre chemin.

Médèle et Tit Prince en profitèrent pour changer de direction.

Ils couraient, ils couraient...

Un moment après, voilà qu'ils sentirent encore un grand vent souffler. Ils savaient déjà que c'était le Grand Diable qui arrivait.

Aussitôt Médèle se changea en une belle rivière et Tit Prince en un beau canard.

Et Grand Diable arriva :

— Bel' la riviè et beau cana, n'avez-vous pas vi passer in pitit gaçon et ine pitite fille ?

Et la rivière coula plus fort et le beau canard secoua ses ailes. Il nageait à droite, il nageait à gauche, comme pour dire non !

Alors Grand Diable, sans se poser, prit une autre route.

« Si le Grand Diable revient encore, se dirent Médèle et Tit Prince, c'est la mort pour nous. Nous ne pouvons plus avancer. Il vaut mieux mourir une bonne fois. »

Et ils se couchèrent par terre pour mourir.

Alors Tit Prince songea que sa maman lui avait dit que chaque enfant a son ange gardien qui veille sur lui pour le protéger, le tirer des pièges que lui tend le Diable.

Il le dit à Médèle. Il n'avait pas achevé de parler qu'un grand vent se mit à souffler. C'était le Grand Diable qui revenait encore.

Tous les deux se levèrent : blipe ! à genoux, firent le signe de la croix et invoquèrent leur ange gardien.

Aussitôt Médèle fut changée en église, et Tit Prince en bedeau.

Le Grand Diable arriva, sans rien voir, les yeux bouchés par la poussière. Quand il put voir, il était devant une église et le bedeau levait sur lui son bâton.

Le Grand Diable disparut, floupe ! dans la terre, comme un « touloulou » (crabe rouge), en laissant une grosse odeur de fumée derrière lui.

Tit Prince et Médèle retrouvèrent leur forme première. Plus tard ils se marièrent.

Mais écoutez bien ceci :

Ils se crurent libres, pas vrai ?

Regardez les légumes du jardin, regardez les ignames. Elle, l'igname, croit qu'elle est libre, parce qu'elle envoie des cordes partout pour amarrer les autres en montant vers le ciel.

Mais plus elle envoie de cordes, plus elle s'amarre elle-même.

Alors, ne vous croyez pas libres, indépendants. Nous sommes tous unis, z'enfants, tous frères.

XXXIV

À LA BROCANTAGERIE

OILÀ que se répand comme un coup de tonnerre cette étonnante nouvelle : Mal Rate se meurt ! Mal Rate est mort !

Qui n'a connu Mal Rate ? C'était le Roi des brocanteurs. Ses bons tours étaient légendaires.

C'était un jour de la fête patronale au Gros-Morne. Les brocantages battaient leur plein sur la grand'route, alors impériale, à l'entrée du bourg.

Ce jour-là donc, les esprits étaient libatoirement échauffés. On brocantait, sellés, bridés, sans voir, vieux chevaux contre jeunes, borgnes contre aveugles, trois pattes contre quatre bonnes. « Brocante ! brocante pas ! »

Les « collages » étaient inénarrables. Quand tout à coup Mal Rate et Guiole Puce se joignirent, deux rivaux en popularité brocantagière, chargés tous deux comme des canons.

On ne voyait pas à deux pas de soi. La foule, silencieuse et anxieuse, entoura les deux Maîtres. Le silence était tel que l'on n'entendait même pas un maringouin « ziguer » dans les oreilles.

Guiole Puce s'avança avec un grand carcan blanc que la blancheur de sa robe permettait dc distinguer dans la profonde obscurité de la nuit. Il reconnut Mal Rate. Le contact eut lieu.

— Compère, dit Guiole Puce, aujourd'hui dernier jour, faisons affaire avant le lever du soleil. Sellé, bridé, 500 francs, premier choix, un magnifique cheval acheté chez Desbrosses, un fameux amateur. Il le vend parce que le cheval a failli le jeter par terre. Je vous le donne, sellé, bridé, contre votre vieille jument, 100 francs de retour pour moi.

— Ma vieille petite jument ! Eh bien ! tu y vas fort, compère ! Une si jeune pouliche, échappée de Porto-Rique par-dessus le marché ! Tiens, il est temps de rentrer à la case. Si tu veux cinquante francs et un paquet de « boutt's » (cigares) pour faire la route, l'affaire est conclue.

— Tope ! camarade. L'affaire est conclue ; je n'ai pas de temps à perdre, le jour vient, le cheval est à vous.

Mal Rate, aux trois quarts gris, enfourche la bête, s'en retourne chez lui, met le cheval à l'écurie, sans le débrider, et va se coucher. Au réveil, il se rappelle vaguement avoir fait affaire avec Guiole Puce. Il court à l'écurie et tombe en « putéfaction » comme il dit, les deux mains sur la tête : « collé ! Mal Rate ! to collé ! Guiole Puce collé to ! » (refait ! Mal Rate ! tu es refait ! Guiole Puce t'a eu !).

Il examine à fond harnachement et cheval. Hélas ! bride rapiécée, avec gourmette en corde de mahaut piment, selles éventrées avec deux cordes, même genre pour sangles, vieux carcan avec dents longues de cinq centimètres, la table dentaire unie comme de l'ivoire, les os crevant la peau, robe gris pommelé devenue blanche par la vieillesse.

« Ah ! Mal Rate, s'écrie-t-il, se parlant à lui-même, tu me fais honte ! Un vieux malin comme toi, tu t'es laissé posséder par un petit bougre que tu as vu naître, qui court dans les halliers en chemise ; maintenant tu ''auras honte'' de te montrer en public !

« Mais rassure-toi ! Que la soupe aux crabes t'étrangle si tu n'as pas pris ta revanche avant que l'année ne soit finie !

Savez-vous ce que fit Mal Rate ? Il se mit à l'ouvrage. Il commença par « abattre » (coucher par terre) Fend-l'air — c'est le nom qu'il avait donné au cheval —, prit une rape, un burin, raccourcit les dents de deux centimètres, les fouilla au burin, ayant soin de laisser un petit creux sur la table des pinces.

La bête marquait six ans.

Puis il bourra le cheval, ainsi rajeuni de dix ans, d'avoine et d'herbes nourrissantes. Le cheval était devenu rond comme une boule.

Six mois s'étaient écoulés depuis la fameuse « colle ». Il descendit au Lamentin, demanda à la pharmacie deux litres de teinture noire pour se teindre les cheveux. On lui fit remarquer que c'était beaucoup.

Il répondit :

— Ça ne fait rien. C'est pour ne pas en manquer.

Arrivé chez lui, il changea son vieux cheval blanc en un cheval du plus beau noir.

Voilà le vieux carcan devenu un pur-sang jeune et fringant.

Depuis plusieurs jours, Mal Rate faisait courir le bruit qu'il avait acheté un magnifique cheval noir. Le dimanche suivant, il descendit au bourg, faisant caracoler sa bête après la grand-messe et manquant d'écraser les passants. (Il avait eu soin de frotter la croupe de l'animal de poils invisibles de bambou qui, démangeant le cheval, le font courir.)

Le lendemain, il arrivait chez Guiole Puce au galop. Il sauta lestement à terre malgré ses vieux ans, et dit :

— Guiole Puce, « iche moins chè » (mon cher enfant), ce n'est point une affaire que je viens traiter avec toi, c'est un service que je viens te demander. Ma pauvre vieille femme est bien malade, malade pour mourir, et je n'ai pas un sou pour la faire enterrer.

Et il se mit à pleurer comme un veau.

— Je sais que tu aimes les beaux chevaux, tu as dû entendre parler du cheval noir que j'ai reçu de Porto-Rique. Eh bien ! je suis venu t'en faire cadeau, tout bonnement. C'est 600 francs, dernier prix.

— Quel âge a votre cheval ? demanda Guiole Puce, l'air détaché.

— Regarde sa gueule, puisque tu t'y connais. Pas encore rasé, sept ans l'année prochaine.

Guiole Puce ouvrit la gueule du cheval et vit des dents d'un jeune cheval.

— C'est vrai, dit-il, mais le cheval n'est pas coté actuellement. Si vous voulez 400 francs, l'affaire est conclue, et encore, c'est pour vous rendre service.

— 400 francs ? c'est bien profiter de la situation ! Je ne peux pourtant pas « me laisser étrangler » ainsi ! Pourtant, que veux-tu que je fasse ? Je ne peux pas laisser pourrir le cadavre de ma pauvre femme dans la case ! Enfin, prends-le pour ce prix, mais considère que c'est un cadeau que je te fais ! Et tu pourras te vanter d'avoir eu Mal Rate.

Guiole Puce versa les 400 francs, rentra le cheval à l'écurie et se dit en se frottant les mains : « Vieux pendi ! ce n'est pas Mal Rate en bas feuilles que l'on t'appellera mais Mal Rate écrasé ! »

Pendant ce temps, Mal Rate avait pris ses jambes à son cou, pour aller raconter l'affaire à sa femme, qui se tordit de rire : quia, quia, quia... « Pou an bel collé c'est ça qui an bel collé » (pour une belle attrape, c'est une belle attrape).

Vous voyez la tête de Guiole Puce lorsqu'en baignant son cheval le lendemain, il vit apparaître, dans sa blancheur, son vieux carcan. Il ouvrit la bouche de la bête et secoua chacune de ses dents pour voir si Mal Rate ne les avait pas accrochées, arrachées pour en mettre des fausses à la place. Il les trouva toutes solides comme des rivets. Il ne devina jamais le truc de Mal Rate, répétant toujours : « n'homme la socié, n'homme la socié » (cet homme est sorcier, cet homme est sorcier).

TABLE DES MATIÈRES

Photocomposition :
TÉLÉ-COMPO - 61290 BIZOU

Dépôt légal : novembre 1994